*Elias Schrenk*

Arno Pagel (Hrsg.)

# Sprechstunde bei Elias Schrenk

## Seelsorgerliche Briefe

Verlag und Schriftenmission der
Evangelischen Gesellschaft
für Deutschland
Wuppertal

Die Deutsche Bibliothek – CIP-Einheitsaufnahme

**Schrenk, Elias:**
Sprechstunde bei Elias Schrenk : seelsorgerliche Briefe / [Elias Schrenk].
Arno Pagel (Hrsg.). – Bad Liebenzell : Verl. der Liebenzeller Mission, 1991
(TELOS-Bücher ; Nr. 1342 : TELOS-Paperback)
ISBN 3-88002-478-2
NE: Pagel, Arno [Hrsg.]; HST; GT

TELOS-Paperback Nr. 1342

ISBN 3-88002-478-2

2. Auflage 1991

Umschlagfoto: J. Breuer
Umschlaggestaltung: Grafisches Atelier Arnold, Dettingen/Erms
Gesamtherstellung: St.-Johannis-Druckerei, Lahr/Schw.
Printed in Germany 10650/1991

# Inhalt

# Vorwort

Elias Schrenk (1831–1913) ist der Bahnbrecher der Evangelisation in Deutschland. Er war schon 55 Jahre alt und hatte mancherlei Wege und Aufgaben hinter sich, als er seinen eigentlichen Lebensauftrag fand.

Schrenks erweckliche, werbende Verkündigung hatte immer die Botschaft von der Rechtfertigung des Sünders durch das Erlösungswerk Christi als Ausgangs- und Mittelpunkt. Es ist herzerfrischend bei ihm, wie er allezeit den Ton der freien, unverdienten Gnade Gottes durchgehalten hat. Seiner evangelistischen Tätigkeit ist eine reiche Frucht zuteil geworden.

Elias Schrenk ist auch ein bevollmächtigter Seelsorger gewesen. Im Laufe der Jahre haben sich viele Tausende von Menschen bei ihm ausgesprochen. Unermüdlich hat er auch andere – vor allem Pfarrer und Prediger, aber darüber hinaus jeden Jünger Jesu – an die Notwendigkeit und Dringlichkeit der Einzelseelsorge gemahnt. Wie seine öffentliche Verkündigung, so ist auch seine Seelsorge wohltuend vom Evangelium geprägt. Es findet sich darin nichts Treiberisches, Gefühliges, Seelisches. Was das Wort Gottes sagt, das soll mit seinem Trost und seiner Mahnung dem einzelnen zugesprochen werden. Nur ja nicht über die Schrift hinaus – das bestimmt z. B. Schrenks klare Aussagen über die Krankenheilung.

Elias Schrenk hat in den Jahren 1909–1911 – also wenige Jahre vor seinem Heimgang – drei Bände »Seelsorgerliche Briefe für allerlei Leute »veröffentlicht. Er sagt darüber: »Ihr Inhalt besteht aus Tatsachen, die ich in den letzten fünfzig Jahren als Heidenmissionar und Evangelist erlebte. Selbstverständlich sind es keine Briefe, die ich in dieser Form an bestimmte Persönlichkeiten geschrieben hätte. Das würde mir schon das Beichtgeheimnis verbieten.«

Aus diesen drei Bänden bringt das vorliegende Buch eine Auswahl. Als Zeitpunkt für die Herausgabe dieser 2. Auflage ist der 160. Geburtstag des Evangelisten (geb. 19. 9. 1831) gewählt worden. Möchte Schrenks gute, hilfreiche Stimme noch einmal gesegnet zu Menschen unserer Gegenwart reden! Auch da, wo er sich z. B. an vollzeitliche Mitarbeiter im Reiche Gottes (Pfarrer, Prediger, Missionare, Lehrer von Ausbildungsstätten) wendet, geht auch der schlichte, einfache Christ nicht leer aus.

Sprache und Schreibstil sind – bis auf wenige geringfügige Änderungen – beibehalten worden. Es ist der originale Schrenk, der hier redet. Die Aufteilung der Briefe in sechs Gruppen und Themenkreise ist vom Herausgeber vorgenommen worden. Ebenso stammen die zahlreichen Teilüberschriften, die das Lesen erleichtern sollen, von ihm.

Arno Pagel

# I.

# Fragen der biblischen und glaubensmäßigen Erkenntnis

# 1. Das stellvertretende Leiden Jesu Christi

## Wir müssen uns unter Gottes Wort beugen

Sie haben sich durch N. N. beeinflussen lassen, und der Glaube an das stellvertretende Leiden und Sterben unseres Heilandes ist Ihnen wankend geworden. Ich bedaure das ungemein. Wenn mir das begegnen würde, so würde ich mich für rückenmarksleidend halten; denn die Stellvertretung Jesu Christi hat für mich seit fünfzig Jahren zentrale Bedeutung. Die Ruhe meines Gewissens ist damit unzertrennlich verbunden.

Während meiner afrikanischen Missionslaufbahn war sie in viel Krankheit und im Angesicht des Todes die Quelle meines Friedens und der Grund meiner Hoffnung. Sie ist mein Kleinod für die Seelsorge, durch das der Herr eine Menge Menschen, die mutlos, verzagt und der Verzweiflung nahe waren, zum Frieden mit Gott geführt hat. Sie ist mein Balsam für Kranke und Sterbende. Wenn kein Trostwort ihr Gewissen stillen konnte und ich sie aus seliger, persönlicher Erfahrung hinweisen durfte auf das Lamm Gottes, das ihre Sünden trug, so wurden sie getrost und von Herzen dankbar.

Ich bezeuge es mit Dank und Anbetung vor dem Angesichte Gottes, daß die köstliche biblische Lehre von der Stellvertretung Jesu Christi seit dem Jahre 1856 *ohne Wanken* die Kraft meines Glaubens, das Rückgrat meines Zeugnisses, der Grund meiner Freudigkeit für alle meine Arbeit an einer verlorenen Sünderwelt war. Sie soll auch mein persönlicher Trost bleiben, bis mir das Herz einst brechen wird und ich vor seinem Angesicht anbetend mitloben darf: »Das Lamm, das erwürget ist und hat uns Gott erkauft mit seinem Blut, ist würdig, zu nehmen Kraft und Reichtum und Weisheit und Stärke und Ehre und Preis und Lob« (Offb. 5, 9. 12).

Nehmen Sie es mir nicht übel, wenn ich besorgt bin um Sie! Sie kennen N. N. Ich kannte ihn schon als Studenten, er war ein gläubiger junger Mann. Sein hochbegnadigter Vater und seine fromme Mutter waren seine Vorbilder. Mehrere seiner Verwandten sind treue Zeugen. Und was ist er selber geworden? Ein moderner Mensch, der den Talar ausgezogen hat. Durch wen kam er so weit? Durch P. N. bekam er eine gebrochene Stellung zum Worte Gottes und dadurch dogmatische Knochenerweichung, an der viele leiden in unseren Tagen, die ganz denselben Weg gegangen sind. Das ist sehr ernst. Wir müssen ernstlich wachen in betreff der Einflüsse, unter die wir uns stellen.

Ich glaube an eine göttliche Führung in bezug auf unsere geistliche Erkenntnis und innere Erfahrung. Wenn der Geist Gottes mich an der Hand einer Schriftwahrheit eine ganz bestimmte Erfahrung hat machen lassen, die sich in meinem Leben als göttlich bewährt hat, so ist es unverantwortliche Untreue, wenn ich mir die genannte Schriftwahrheit und meine dadurch gemachte Erfahrung leichthin rauben lasse. Bei allem Schriftstudium müssen wir uns die innere Bereitschaft bewahren, *uns unter Gottes Wort zu beugen.* Tun wir das, so lösen sich uns manche Rätsel, und viele Schwierigkeiten für unser Denken verschwinden.

Letzteres ist auch der Fall in bezug auf die Stellvertretung unseres Herrn Jesu Christi. Ich begreife überhaupt nicht, daß der Begriff der *Stellvertretung* manchen so fremd ist. Selbst bei den Negern in Afrika habe ich einen ganz klaren Begriff von Stellvertretung gefunden. Wenn ein entflohener Sklave auf das Haupt eines Häuptlings schwur, so konnte der Häuptling den Sklaven nicht herausgeben, ohne sein, des Häuptlings, Leben zu verwirken. Wurde aber ein Opfertier für den Häuptling geschlachtet, so konnte er den Sklaven ohne Lebensgefahr herausgeben.

Wo wir hinschauen im Leben, finden wir Stellvertretung. Die Eltern vertreten die Kinder, besonders Mütter tun es bis zur Lebensgefahr. Ein Soldat opfert sich für das Vaterland. Jeder treue Beamte opfert seine Kraft für den Staat. Der Missionar im Tropenklima opfert sein Leben im Dienste des Herrn. Der Feuerwehrmann stirbt für die Rettung seiner Mitbürger.

## Gott ist heilige Liebe

Aber – sagt man: das ist anders bei Gott. Gott ist die Liebe: er kann vergeben ohne Sühne, ohne Stellvertretung. Jawohl, Gott ist die Liebe, aber die *heilige Liebe.* In seiner heiligen Liebe hat er die Menschen durch Christum und für Christum, für die Gemeinschaft mit Gott geschaffen. Das ist die göttliche Weltordnung, nach der Gott das volle Recht an die ungeteilte Liebe des Menschen hat. Der von Gott ganz abhängige Mensch hat dieses göttliche Recht verletzt. Er hat die Gemeinschaft mit Gott durch seinen Abfall von ihm zerstört und dadurch gefrevelt an Gottes heiliger Liebe, die selbstverständlich Gerechtigkeit einschließt; denn ohne Gerechtigkeit wäre sie keine heilige Liebe. Die Folge war nicht nur der leibliche Tod, sondern auch der geistliche Tod, Trennung des Menschen von der göttlichen Lebensquelle. Aus diesem Zustand konnte sich der Mensch nicht selber erlösen. Er hätte müssen zugrunde gehen, und Gottes Schöpfungsplan, Menschen zu schaffen für seine Liebes- und Lebensgemeinschaft, wäre für immer vereitelt gewesen.

Nach ihrem ewigen Gnadenrat beschloß die heilige Liebe, uns zu helfen. Der, durch den und zu dem wir geschaffen sind (Kol. 1, 16), der ewige Sohn, das Haupt der Menschheit, nahm unser Fleisch und Blut an. Gezeuget vom Heiligen Geist, wurde er ein Glied der Menschheit, nur ohne Sünde. Er nahm den Fluch unserer Sünde, den Tod, die Gottverlassenheit auf sich; und indem er in heiliger Selbstverleugnung sein Leben am Kreuze hingab für unsere Sünden, wurde er zum Sühnopfer für uns. Dieses Opfer konnte nur er bringen. Nur er als Haupt der Menschheit, und dennoch unser Bruder, konnte eintreten für alle. So hat uns Gott mit sich selbst versöhnt.

Diese köstliche Wahrheit ist bezeugt im Alten und im Neuen Testament. Der ganze Opferkultus bezeugt sie im Vorbild, besonders das Passahlamm, durch dessen Blut Israel gerettet wurde. Wie klar redet Jesaja in Kapitel 53, 5. 6 von Christi Stellvertretung: »Er ist um unserer Missetat willen verwundet und um unserer Sünde willen zerschlagen. Die Strafe liegt auf ihm. Der Herr warf unser aller Sünde auf ihn.« Der Herr selber sagt in Matthäus 20, 28: »Des Menschen Sohn ist gekommen, zu geben sein Leben als *Lösegeld* für viele.«

Paulus schreibt in 2. Korinther 5, 21: »Gott hat den, der von keiner Sünde wußte, *für uns zur Sünde gemacht,* auf daß wir würden in ihm die Gerechtigkeit Gottes«; in Galater 3, 13: »Christus aber hat uns erlöset vom Fluch des Gesetzes, *da er ward ein Fluch für uns.«* In Römer 3, 25. 26 lesen wir die gewaltigen Worte: ». . . welchen Gott hat vorgestellet als Sühnemittel durch den Glauben in seinem Blut, zur Erweisung seiner Gerechtigkeit wegen dem Vorbeigehenlassen der zuvor geschehenen Sünden unter göttlicher Geduld, zur Erweisung seiner Gerechtigkeit in der jetzigen Zeit, damit er gerecht sei und gerecht mache den, der da ist des Glaubens an Jesus.« Der Apostel Johannes spricht in 1. Johannes 2, 2 dieselbe Wahrheit aus: »Jesus Christus, der gerecht ist, ist die Sühnung für unsere Sünden, nicht allein aber für die unseren, sondern auch für die der ganzen Welt.«

## Der Zweck des Sühnopfers Christi

Alle diese Stellen, und ich könnte weitere anführen, reden klar und unwiderleglich von einer Stellvertretung Jesu Christi. Im Sühnopfer Jesu Christi offenbart sich die heilige Liebe Gottes, die in Gerechtigkeit reagiert gegen alle Sünde der Menschen. Es hieße die Liebe Gottes entleeren, wenn wir sie der Heiligkeit und Gerechtigkeit entkleiden wollten. Die Sünde wäre nicht mehr Sünde, wenn Gott sie nicht richten und strafen wollte. Die Majestät, Heiligkeit und Gerechtigkeit Gottes, wie die Schrift sie lehrt, verlangt Strafe der Sünde. Weil wir diese nicht tragen konnten ohne Verlust des ewigen Lebens, so hat Christus sie für uns getragen; er das Lamm Gottes, das unsere Sünden trug.

Der Zweck seines Sühnopfers ist unsere Versöhnung, die Wiederherstellung unserer Liebes- und Lebensgemeinschaft mit Gott. Nur durch die Beseitigung der Scheidewand der Sünde zwischen uns und Gott ist uns der Weg zum Vater wieder offen. Gott sieht den Gläubigen in Christo an und vergibt uns um seinetwillen nicht nur unsere Sünden, sondern teilt sich uns mit durch seinen Geist, um uns zu erneuern in das Bild des Erstgeborenen. So wird durch die Versöhnung durch Christum der Schöpfungsgedanke Gottes gerettet und erfüllt: »Es ist alles durch ihn und zu ihm geschaffen.« Wir, die wir durch die Sünde getrennt waren von ihm, werden wieder vereinigt mit ihm auf heiligem Wege, wie Hosea so schön sagt: »Ich will mich mit dir verloben in Ewigkeit. Ich will mich mit dir verloben in Gerechtigkeit und Gericht, in Gnade und Barmherzigkeit. Ja, im Glauben will ich mich mit dir verloben, und du wirst den Herrn erkennen« (Hos. 2, 21. 22).

Die tiefste und reinste Gotteserkenntnis erwächst auf Golgatha. Am Kreuze Jesu Christi offenbart uns der Vater wie seine ewige Treue, Barmherzigkeit und unendliche Liebe, so auch seine Gerechtigkeit und Heiligkeit. Wer mit ihm Gemeinschaft haben will, findet sie nur durch den, »der uns von Gott gemacht ist zur Weisheit, zur Gerechtigkeit, zur Heiligung und zur Erlösung (1. Kor. 1, 30).«

Der Herr mache Sie fest im Wort der Wahrheit und offenbare Ihnen das Geheimnis seines Kreuzes je mehr und mehr!

# 2. Der Leib Christi und die Nationen

## Die Mannigfaltigkeit in Gottes Schöpfung

In meinem letzten Brief habe ich Ihnen meine Gedanken über die Allianz und den Leib Christi mitgeteilt. Heute möchte ich einige Gedanken aussprechen über den Leib Christi im Blick auf die Nationen. Es gibt Christen, die beunruhigt werden, wenn man vom Leib Christi redet. Ihr enger Horizont macht sie fürchten, man gerate in Schwärmerei, wenn man einmal heraustritt aus dem engen täglichen Rahmen. Wenn wir uns aber in gesunder Weise mit dieser köstlichen Wahrheit beschäftigen, so kommen wir in keine Gefahr.

Wir dürfen ein wenig vom Vogel lernen: Ist das Wetter klar, so liebt er es, sich hoch in die Luft zu schwingen, und man bekommt den Eindruck, er fühle sich gerade dort sehr wohl. Er bleibt aber nicht immer in der Höhe, er läßt sich auch gerne nieder auf einem Baum und gibt seiner fröhlichen Stimmung Ausdruck durch Zwitschern oder Gesang. Auch auf dem Baum bleibt er nicht; er läßt sich herab auf die Erde und sucht sich seine Nahrung. Wir Menschenkinder werden durch die Prosa des täglichen Lebens so leicht zu Alltagsmenschen, denen die Flügel beschnitten sind. Darum ist es heilsam für uns, wenn wir immer wieder Höhenluft genießen, damit unser Horizont erweitert werde und wir bewahrt bleiben vor Herzverengung. Auf Bergeshöhe möchte ich Sie führen, wenn ich Ihnen ein Wort über den Leib Christi und die Nationen sage.

Es hat der Weisheit und Liebe Gottes gefallen, in der ganzen Schöpfung eine wunderbare Mannigfaltigkeit zum Ausdruck zu bringen. Diese Mannigfaltigkeit tritt uns nicht nur in der Natur, sondern auch bei den Menschen entgegen. Man trifft nicht zwei Menschen, und wären es Zwillinge, die einander ganz gleich wären. Und so verschieden die Menschen in ihrer Erscheinung sind, so verschieden sind ihre Gaben. In der Verschiedenheit ihrer Gaben liegt wunderbare göttliche Weisheit. Wir Menschen sollen einander ergänzen; einer soll dem anderen dienen mit seiner Gabe.

## Natürliche Gaben müssen geheiligt werden

Macht Gott aus einem natürlichen Menschen einen Geistesmenschen, so werden die natürlichen Anlagen und Gaben geheiligt. Man wird gewöhnlich finden, daß unsere Geistesgaben der Art unserer Naturgaben entsprechen. Diese mannigfaltigen Gaben sollen in den Dienst der Gemeinde, in den Dienst des Leibes Christi gestellt werden. Ein Glied soll dem anderen Handreichung tun, und dieser Dienst soll in der Kraft und unter der Leitung des Heiligen Geistes ein Dienst der Liebe sein zur Auferbauung des Leibes, zur Vollendung der Gemeinde. Vertieft man sich mit Nachdenken in diesen wunderbaren Reichtum des Leibes Christi, so wird es sofort klar, warum es uns so widerlich anmutet, wenn engherzige Menschenkinder das geistliche Leben in ihre kleinen Schablonen fassen wollen. Sie kommen in Widerspruch mit göttlicher Art; man verliert den Atem in ihrem Korsett.

Wie nun die einzelnen Menschen sich voneinander unterscheiden und gerade durch ihre besondere Veranlagung sich gegenseitig dienen sollen, so stellen auch die nationalen Verschiedenheiten göttliche Gaben dar, die, wenn sie geheiligt werden, in den Dienst des Leibes Christi gestellt werden sollen. Jede Gabe, sowohl beim einzelnen Menschen als bei den Nationen, hat ihre Gefahren, wenn sie nicht geheiligt wird.

## Vorzüge und Gefahren der Deutschen, Engländer u. a.

Ist die Innigkeit und das Feuer des Franzosen geheiligt und in den Dienst der Liebe Christi gestellt, so leistet er Großes, wie die Innere und Äußere Mission der kleinen evangelischen Kirche Frankreichs beweist. Sind diese Gaben nicht geheiligt, so führen sie, wie der Augenschein lehrt, tief ins Fleisch. Darum war es für das Reich Gottes so verhängnisvoll, daß Frankreich die Reformation verwarf. Was wäre aus dem Slawen mit seinem innigen, kindlichen Gemüt für das Reich Gottes geworden, wenn er nicht unter den Bann der toten griechischen Kirche gekommen wäre! Wieviel fruchtbarer hätte das deutsche Volk mit seiner Gründlichkeit und seinem tiefen Denken für das Reich Gottes werden können, wenn es sich hätte mehr durchdringen lassen vom Licht und von der Kraft des Evangeliums! Nun aber hat es seine Gründlichkeit und sein Denken vielfach für die Förderung des Unglaubens verwendet.

Wie Großes haben die Engländer mit ihrer praktischen, realistischen, berechnenden Art im Reiche Gottes zustande gebracht durch ihre Missionsgemeinde, bei der diese Gaben für Gottes Dienst geheiligt sind! Aber wieviel mehr hätten sie vollbringen können, wenn nicht viele Engländer ihre Gaben dem Krämerdienst und einer selbstsüchtigen Politik ausgeliefert hätten! Wieviel leistet der freie, großzügig angelegte Amerikaner für das Reich Gottes! Wieviel gibt er für Missionszwecke, und wie großartig kämpft er gegen den Alkohol! Aber wie unendlich viel mehr hätte er wirken können für das Reich Gottes, wenn nicht so viele Amerikaner sich der Milliardenjagd hingeben würden und andere ihre Freiheit nicht verwenden würden zum Ausbrüten immer neuer Schwärmereien! Denn von den Amerikanern haben wir die Mormonen, die Sabbatisten, die Zeugen Jehovas, die Gesundbeter, die Schwärmerei eines Dowie (John Alexander Dowie, 1847–1907, Gründer der Christian Catholic Church, der sich Elia III., der Wiederhersteller nannte) und die Zungenbewegung bekommen, lauter Auswüchse einer ungezügelten Freiheit.

Wir sehen, daß, wie bei den einzelnen Menschen, so auch bei den Nationen die natürlichen Gaben geheiligt werden müssen, wenn sie zum Segen des Leibes Christi verwendet werden sollen. Es wäre ganz verfehlt, wenn die eine Nation die andere kopieren, nachmachen wollte. Jede soll ihre besondere Gabe behalten und sie heiligen lassen. Aber lernen sollen wir voneinander; das ist Gottes Wille. Wir Deutschen haben in der Heidenmission, in der Bibelverbreitung, in der Sonntagschule, im christlichen Leben überhaupt den Engländern viel zu verdanken. Es soll nie vergessen werden, welch großartige Dienste die Britische und Ausländische Bibelgesellschaft den Deutschen, ja allen kontinentalen Missionsgesellschaften geleistet hat.

Wir können immer noch von den Engländern lernen: Unsere vornehmen und reichen Deutschen sollen sich von den Engländern sagen lassen, daß sie auch ihre Bildung und ihr Geld weit mehr als bisher in den Dienst des Reiches Gottes stellen sollen. – Auch von den Amerikanern müssen wir uns noch mehr als bisher in der Kunst des Gebens unterweisen lassen. Ferner sollen wir von ihnen lernen, größere Gedanken über die Mission zu fassen. Wie unsere Missionsgaben meistens von kleinen Leuten kommen, so sind auch unsere Missionsgedanken noch klein. John Mott, der seit Jahren den Gedanken der Weltmission in der jetzigen Generation gepredigt hat, ist ein Amerikaner. Moody, der große Bahnbrecher für Evangelisation, ist ein Amerikaner. Ich darf das um so mehr mit Freude anerkennen, als ich genötigt war, die vielen amerikanischen Schwärmereien zu verurteilen.

Wie ganz anders würde es in der heutigen Völkerwelt aussehen, wenn seinerzeit das sogenannte christliche Europa die Reformation angenommen hätte! Was hätte ein evangelisches Frankreich alles leisten können! Gott helfe uns Deutschen, den Engländern und Amerikanern, diesen drei bedeutsamsten Gliedern am Leibe Christi, noch mehr als bisher einander die Hand zu reichen zur gemeinsamen Reichgottesarbeit!

# 3. Ist Gottesfurcht neutestamentlich?

## Der offenbare Gott der Heiligen Schrift

Wenn ich mit der Beantwortung dieser Frage nur meinen persönlichen Standpunkt zu bezeichnen hätte, so wäre meine Antwort eine kurze: Ja! Damit wäre Ihnen aber nicht gedient; denn offenbar ist Ihre Frage veranlaßt durch den Zeitgeist. Wir haben eine wachsende Zahl von Zeitgenossen, die nicht mehr an einen persönlichen Gott glauben, sondern dem Pantheismus huldigen. Alle diese Menschen haben das Wort »Gottesfurcht« aus ihrem Wörterbuch gestrichen; denn gibt es keinen persönlichen Gott, so bleibt kein Raum für Gottesfurcht. Der Pantheist glaubt an einen Geist des Weltalls, der im Menschen zum höchsten Ausdruck kommt. Bei ihm ist der Mensch ein kleiner Gott, und seine höchste Aufgabe ist, inmitten des Weltgeschehens und der uns umgebenden Menschen eine vernünftige Stellung einzunehmen, so daß andere auch Platz neben uns haben.

Neben dieser äußersten Linken unserer Zeitgenossen haben wir eine große Schar von modernen Menschen, die nicht so weit gehen wie der Pantheist; sie glauben noch an einen persönlichen Gott, aber nicht im Sinne der Schrift. Bei ihnen tritt die Gerechtigkeit, Heiligkeit und Majestät Gottes stark in den Hintergrund, und man hört sie kaum von der Gottesfurcht, um so mehr aber von der Liebe Gottes reden. – Wer mit diesen beiden Klassen von Menschen verkehrt, der muß fast selbstverständlich zu der Frage kommen, ob die Gottesfurcht bei richtiger Gotteserkenntnis überhaupt am Platze sei, oder ob sie neutestamentlich zu begründen sei.

Die Antwort auf diese Frage wird immer der Stellung entsprechen, die der Antwortgeber zu der Offenbarung Gottes in der Heiligen Schrift einnimmt. Ich kenne keinen andern Gott als den, der sich im Alten und Neuen Testament geoffenbart hat und sich zugleich in der Schöpfung und in der Geschichte offenbart. Dieser Gott ist ein allmächtiger, heiliger und gerechter Gott, der sich uns in Christo als die heilige Liebe geoffenbart hat. Dieser Gott haßt und straft alles Böse und hat Sein Wohlgefallen an allem Guten. Das Alte und das Neue Testament lehrt uns ihn fürchten. Für die biblische Gotteserkenntnis ist das Gebot der Gottesfurcht selbstverständlich. Ist Gott der Unendliche, Allmächtige, Heilige und Gerechte, und sind wir vergängliche, sündige Geschöpfe ganz und gar von ihm abhängig, wie sollten wir ihn nicht fürchten? Ihn fürchten heißt zunächst: die demütige, ehrerbietige Stellung einnehmen, die uns gebührt.

## Wir sollen Gott fürchten und lieben

Wenn wir Gottesfurcht in diesem einfachen Sinne fassen, so können wir sagen: Es kann keine wahre Gemeinschaft mit Gott geben ohne Gottesfurcht; denn ohne Demut und Ehrfurcht ist Gemeinschaft mit Gott undenkbar. Gott wäre nicht mehr Gott, wenn der Sünder ihn nicht zu fürchten hätte.

Es wäre aber bedenklich einseitig, wenn wir Gott nur zu fürchten hätten. Wer den lutherischen Katechismus kennt, dem hallt es wider im Herzen und in den Ohren: »Wir sollen Gott fürchten und lieben.« Wahre Gottesfurcht führt immer zur Erkenntnis der Liebe Gottes. Je demütiger und ehrfurchtsvoller ich vor Gott stehe, desto mehr erkenne ich meinen Abstand von ihm, meine Sünde, und desto mehr werde ich das Bedürfnis haben, ihn um Vergebung zu bitten. Jede Erfahrung der vergebenden Gnade ist eine Offenbarung der Liebe Gottes, und darum ist eben die uns in Christo Jesu erschienene Gnade Gottes die tiefste Offenbarung der Liebe Gottes.

Wenn der Heiland in Matthäus 5, 3 sagt: »Selig sind, die da geistlich arm sind, denn das Himmelreich ist ihr«, so heißt das nichts anderes als: »Selig sind, die Gott fürchten, denn das Himmelreich ist ihr.« In Psalm 111, 10 lesen wir: »Die Furcht des Herrn ist der Weisheit Anfang«, und in Sprüche 1, 7: »Des Herrn Furcht ist Anfang der Erkenntnis.« Ohne Gottesfurcht gibt es keine wahre Selbsterkenntnis und keine wahre Gotteserkenntnis. Das sagt uns Psalm 25, 12. 14 so klar: »Wer ist, der den Herrn fürchtet? Er wird ihn unterweisen den besten Weg. Das Geheimnis des Herrn ist bei denen, die ihn fürchten, und seinen Bund läßt er sie wissen.«

Habe ich oben gesagt, daß es keine wahre Gemeinschaft mit Gott gibt ohne Furcht Gottes, so ist damit ausgesprochen, daß Gottesfurcht auch im Neuen Bund unentbehrlich ist für die Gemeinschaft mit Gott. Man lese 1. Petrus 1, 15–19. Dort nennt der Apostel den heiligen Wandel der Christen einen Wandel in der Furcht Gottes und ermahnt sie: »Führet euren Wandel, solange ihr hier wallet, mit Furcht.« Diesen Wandel in der Furcht Gottes sollen sie führen im Blick auf die Erlösung durch das teure Blut Jesu Christi. Dadurch erinnert er die Christen daran, daß das unschuldige und unbefleckte Lamm für uns Sünder am Kreuz in das Gericht gehen mußte, und eben deshalb sollen sie es genau nehmen mit der Sünde und in der Furcht Gottes wandeln. In Apostelgeschichte 9, 31 wird berichtet von der ersten Christengemeinde: »Sie wandelte in der Furcht des Herrn«, und der Apostel Paulus ermahnt die Korinther in 2. Korinther 7, 1, ihre Heiligung in der Furcht Gottes zu vollenden.

Lassen Sie sich daher nicht bange machen durch das Geschrei der Modernen, als wären wir rückständig und hätten eine mangelhafte Erkenntnis, wenn wir in der Furcht Gottes wandeln! Wer Gott fürchtet, steht auf der Höhe biblischer Erkenntnis, und von dieser Warte aus entdecken wir, daß der Zeitgeist nichts geringeres im Sinne hat, als die Majestät Gottes herabzusetzen, damit der Mensch groß werde. Da machen wir nicht mit, sondern bleiben dabei: »Die Furcht des Herrn ist der Weisheit Anfang.« Damit bleiben wir in der Gemeinschaft der Heiligen aller Zeiten.

# 4. Sündenbekenntnis

## Die Notwendigkeit erwecklicher Predigt

Sie wünschen in Ihrem letzten Brief etwas Belehrung über die Beichte im Zusammenhang mit der Seelsorge überhaupt. Wir wissen, welch ungeheure Bedeutung die Beichte in der katholischen Kirche hat. In unserer evangelischen Kirche hat sie im Laufe der Zeit zu viel an Bedeutung verloren. Dieses muß wenigstens von der Privatbeichte gesagt werden, die keineswegs ersetzt wird durch die öffentliche Beichte vor dem heiligen Abendmahl. Gewiß hat es auch in der evangelischen Kirche immer Privatbeichte gegeben, aber im allgemeinen findet sie zu wenig statt. Dieser Mangel hängt zusammen mit dem schreienden Mangel an Zucht in der evangelischen Kirche, der sich immer mehr fühlbar macht. Es sind, gottlob, Anfänge zur Besserung vorhanden. Manche treue Geistliche geben ihren Gemeindegliedern in Sprechstunden Gelegenheit zu persönlicher Aussprache, aber es hält oft schwer, die Leute zu einer solchen Aussprache zu bringen.

Je mehr wir Verständnis der Privatbeichte haben, desto mehr werden wir erkennen, daß diese beim einzelnen Weckung des Gewissens voraussetzt. Solches kann Gott auf verschiedene Weise bewirken. Am meisten geschieht es durch die Predigt oder überhaupt durch das Wort Gottes, sehr oft im Zusammenhang mit einschneidenden Lebenserfahrungen. Wir hätten ohne Zweifel mehr Sündenbekenntnisse, wenn die erweckliche Predigt allgemeiner wäre.

In Gemeinden, in denen der größte Teil der Gemeindeglieder in ihrem ganzen Leben noch nie eine gründliche Erweckung erlebt haben, sollte meistens erwecklicher gepredigt werden, als es geschieht. Eigentliche Erbauung ist ja erst dann am Platz, wenn durch lebendigen Glauben ein Fundament vorhanden ist. Diese Tatsachen werden zu sehr übersehen, und deshalb herrscht in mancher Gemeinde der Tod. Beim Evangelisten setzt jedermann erweckliche Predigt voraus, und weil dieser zwölf bis vierzehn Tage, zuweilen auch länger, anhaltend predigt, so kann man erwarten, daß seine Predigt manches Gewissen aufweckt und zum Bekenntnis der Sünden veranlaßt.

Erweckung, die wirklich gesegnete Folgen hat, kann kein Mensch machen. Gott muß sie schenken durch seinen Geist, darum ist auch die Erweckung durch evangelische Predigt an verschiedenen Orten sehr verschieden. Erweckung, die durch künstliche Mittel, wie etwa durch Predigt der Höllenschrecken hervorgerufen wird, ist immer eine fragliche Sache. Bei einzelnen kann der Geist Gottes sie benützen zu wahrer Buße, bei andern kann sie zu einem Rückschlag führen, der die Herzen verhärtet. Ich bin kein Freund von künstlicher Bußpredigt. Wir müssen dem Heiligen Geist vertrauen, daß er durch das Wort der Wahrheit die Gewissen weckt.

## Bekenntnis vor Gott und Menschen

Alle, welche an sich und andern Erweckung erlebten, werden erfahren haben, daß mit gründlicher Erweckung immer Bekenntnis der Sünden verbunden ist. Im Lauf der Jahre haben mir viele Tausende ihre Sünden bekannt. Aber ich erinnere mich nur *eines* Mannes, der mir sagte, er habe seine Sünde keinem Menschen, sondern nur Gott bekannt. In der Regel treibt der Geist Gottes den Menschen, seine Sünden nicht nur Gott, sondern auch Menschen zu bekennen, und zwar vielfach den Menschen zu bekennen, an denen man sich versündigt hat.

Manche sind entschieden gegen das Sündenbekenntnis vor Menschen. Geht man näher auf ihren Widerwillen ein, so wird man finden, daß derselbe auf Unkenntnis beruht. Sie setzen bei der Beichte Zwang voraus. Gegen Zwang bin ich auch. Ein richtiges Bekenntnis, das zur Vergebung der Sünden führt, muß *freiwillig sein,* bewirkt im Gewissen durch den Heiligen Geist, wie man überhaupt nur das zu bekennen hat, wozu der Heilige Geist treibt. Ein solches Bekenntnis ist dem, der es ablegt, *inneres Bedürfnis*, und eben deshalb folgt darauf eine Entlastung und Beruhigung des Gewissens. Diese folgt in sehr vielen Fällen sofort nach dem Bekenntnis, in andern Fällen auch später.

Für einzelne Menschen, die vielleicht einen besonderen Bann auf dem Gewissen haben, ist es eine Wohltat, wenn man etwas

Druck auf sie ausübt, damit sie von ihrem Bann los werden; aber die Regel darf das nicht sein. Es wird nach manchen Seiten bedenkliche Folgen haben, wenn man, wie es leider geschieht, die Bekenntnisse erzwingt. Suchende, schüchterne und zartfühlende Leute werden dadurch abgeschreckt, bei Oberflächlichen wirkt es mehr Schaden als Nutzen. Andere, die innerlich für ein Bekenntnis nicht reif waren, bereuen es und ziehen sich zurück.

Man behandle überhaupt das Bekenntnis von Sünden als eine heilige Sache in der Furcht Gottes. Öffentliche Bekenntnisse in Versammlungen bedaure ich sehr. Sie machen mir den Eindruck der Entweihung des Heiligen. Wir müssen uns hüten, das geistliche Zartgefühl abzustumpfen, wir schädigen dadurch den Menschen tiefgehend. Wahre Liebe setzt Zartgefühl voraus.

Nicht nur dem Bekenner der Sünde muß die Sünde sündig sein, sie muß in erster Linie dem Seelsorger sündig sein. Wehe dem Seelsorger, der Bekenntnisse der Sünde nicht mit Schmerz und Mitleiden anhört, sondern mit einem gewissen Wohlgefallen! Manchem katholischen Priester ist der Beichtstuhl zum Teufelsstrick geworden, weil sein Sinn nicht keusch war. Auch der evangelische Seelsorger kann tiefen Schaden erleiden, wenn er bei der Beichte nicht im Heiligtum steht.

## Zuspruch der Vergebung und förmliche Lossprechung

Nach der Heiligen Schrift läßt sich Bekenntnis der Sünden und Vergebung der Sünden nicht trennen. Es versteht sich von selber, daß das Bekenntnis vor Gott das erste sein muß. Die meisten Stellen der Schrift reden vom Sündenbekenntnis vor Gott. Was sollte ein Bekenntnis vor Menschen nützen, wenn der Mensch nicht zuerst seine Sünden reumütig vor Gott bekannt hat? Aber die Schrift redet auch wiederholt vom Bekenntnis vor Menschen. Wenn der Herr in Matthäus 16, 19; 18, 15 ff. und Johannes 20, 23 seinen Jüngern Vollmacht gibt, Sünden zu erlassen und zu behalten, so setzt er damit selbstverständlich Bekenntnis der Sünde voraus; denn Zusicherung der Vergebung der Sünden kann erst nach dem Bekenntnis der Sünden erfolgen.

Der Apostel Jakobus fordert in Kapitel 5, 16 seines Briefes auf: »Bekenne einer dem andern seine Sünden!« Auch der König

David mußte seine schweren Sünden dem Propheten Nathan bekennen (2. Sam. 12, 13). Die Bußpredigt Johannes des Täufers hatte viele Sündenbekenntnisse zur Folge (Mark. 1, 5). So stimmt also die Schrift mit unserer Erfahrung überein. Viele Menschen, mit denen ich im Lauf von Jahrzehnten seelsorgerlich zu tun hatte, versuchten Heilsgewißheit und Frieden mit Gott zu finden ohne Sündenbekenntnis vor Menschen, aber es war umsonst. Ihr Gewissen hat sie schließlich genötigt, ihre Sünden vor Menschen zu bekennen, und darauf fanden sie Frieden.

Es sollte das Normale sein, daß jeder, der seine Sünden dem Seelsorger oder überhaupt einem Kinde Gottes bekennt und von diesem auf ein klares Gotteswort hingewiesen wird, das ihm Vergebung zusichert, dann auch wirklich Frieden fände. Dieses ist aber durchaus nicht immer der Fall. Es sind mir viele Menschen begegnet, bei denen ich mit bloßem Zuspruch und Gebet nicht zum Ziel kam. Ich wurde zur förmlichen Absolution (Lossprechung) genötigt.

Dagegen eifern manche und behaupten, Absolution sei katholischer Sauerteig. Wer Matthäus 16, 19, Matthäus 18, 18 und Johannes 20, 23 liest, kann eine solche Behauptung nicht aufstellen. Absolution entspricht den Worten des Herrn in den genannten drei Stellen, und jeder erfahrene Seelsorger wird es bezeugen, daß er ohne Absolution nicht durchkam. Ich erteile dieselbe immer unter Handauflegung nach vorausgegangenem Gespräch. Man muß aber sehr vorsichtig sein bei Erteilung der Absolution. Nach meiner Erfahrung nützt sie nichts, wenn der sie Empfangende nicht durch und durch aufrichtig und bereit ist, die Gnade im Glauben zu ergreifen. Man prüfe daher einen Menschen genau, ehe man ihm die Vergebung zuspricht.

## Und wenn Menschen die Gnade schwer ergreifen können?

Unter unserem nervösen Geschlecht treffen wir aber auch aufrichtige Menschen, die selbst unter Handauflegung die Gnade schwer ergreifen können. Ängstlichkeit, Zweifel, Grübeln machen ihnen das Glauben schwer. Ihre Schwierigkeiten haben sehr oft körperliche Zustände als Ursache. Solche Leute haben oft die krankhafte Neigung, ihre Sünden bei verschiedenen Seelsorgern immer wieder zu bekennen. Diese Neigung müssen wir bekämpfen. Öfteres Bekennen derselben Sünden ist geradezu ein Hindernis für das Ergreifen der Gnade. Wir müssen mit solchen Schwachen viel Geduld haben und sie immer wieder auf ihren gekreuzigten Heiland hinweisen, der auch ihnen volle Gnade erworben hat, und für sie beten.

Nützt öfterer Zuspruch nichts, so ist manchmal noch verborgener Bann im Herzen. Es kam mir oft vor, daß man eine schwere Sünde nicht bekennen wollte, entweder aus Hochmut oder aus Furcht vor den Folgen. Ich habe es gottlob oft erlebt, daß der Geist Gottes solchen Menschen keine Ruhe ließ, bis sie ein gründliches Bekenntnis ablegten und dann auch Frieden fanden.

## Wiedergutmachung

Das Ziel unserer Seelsorge muß immer sein, den Menschen zum Ergreifen der Gnade und zum Frieden mit Gott zu bringen. Wir werden dieses Ziel oft nicht erreichen durch bloßes Sündenbekenntnis, es wird diesem in vielen Fällen noch Wiedergutmachung und Rückerstattung folgen müssen. Das ist in der Regel absolute Notwendigkeit. Ich sage: in der Regel; denn es gibt auch Ausnahmen. Bei dem Schächer war Rückerstattung eine Unmöglichkeit, und deshalb fand er dennoch Gnade. Ähnliche Fälle treffen wir heute noch, wenn Menschen die Mittel nicht haben zur Rückerstattung. Haben sie aber die Mittel, so ist Rückerstattung durchaus nötig. Sehr viele Menschen kommen nie zur Heilsgewißheit, weil sie immer Halt machen vor einem vollen Bekenntnis und vor Rückerstattung. Wir tun wohl daran, wenn wir diese Punkte in der Predigt klar berühren. Der Seelsorger braucht oft viel Weisheit, wenn es sich um Rückerstattung handelt. Ich habe aber im Lauf von fünfzig Jahren oft erfahren, daß Gott mit besonderem Wohlgefallen auf Rückerstattung blickt und die Schwierigkeiten beseitigt.

## Schwierige Fälle

Daß es auch für erfahrene Männer in der Seelsorge sehr schwierige Fälle gibt, werden Sie begreifen. In besondere Not kommt man dann, wenn durch Sündenbekenntnisse noch andere Personen bloßgestellt werden. In diesem Fall kann man vielleicht durch den, der gebeichtet hat, auf diese Personen wirken. Es kann aber auch nötig werden, daß der Seelsorger selber mit ihnen reden muß. Hat mir jemand durch ein Bekenntnis eine andere Person bloßgestellt, so muß ich es durchaus vermeiden, diese Person einem anderen Seelsorger zu übergeben, weil ich dadurch das Beichtgeheimnis brechen würde.

Aber ich wiederhole: es gibt so schwierige Fälle, daß man keine allgemeine Regeln zu deren Behandlung aufstellen kann. Gott muß uns im einzelnen Fall Weisheit schenken, damit wir ein unverletztes Gewissen bewahren. Leitende Regel muß sein, jeden einzelnen Fall so zu behandeln, daß die beteiligten Personen zu wahrhaftiger Buße und durch den Glauben an Christum zur Vergebung der Sünden gelangen. Kommen Fälle vor, die zu öffentlichem Skandal führen könnten, so haben wir alles zu tun, solchen zu vermeiden.

Jungen Seelsorgern kann man es nicht genug einschärfen: Haltet das Beichtgeheimnis allewege heilig! Wie unendlich viel Schaden ist angerichtet worden durch Verletzung des Beichtgeheimnisses! Ich wünsche, daß Ihnen diese Winke nützlich sein mögen.

# 5. Jesus – der einzige Überwinder der Sünde

## Kein Liebäugeln mit der Sünde

Ich danke dem Herrn, daß er Sie endlich so weit gebracht hat, ein volles und offenes Bekenntnis abzulegen. Bei früheren Begegnungen hatte ich wiederholt den Eindruck, daß Sie noch nicht völlig aufrichtig seien. Wenn Tausende klagen, sie könnten nicht frei werden von fleischlicher Gebundenheit trotz vielen Kampfes, so liegt die Ursache ihres fruchtlosen Kämpfens oft in erster Linie in ihrer Unaufrichtigkeit, wenn auch mehr oder weniger unbewußt. Das Wort des Apostels in Römer 3, 4: »Alle Menschen sind Lügner« ist für uns ein tief demütigendes Wort, aber es ist wahr. Solange der Geist Gottes, der ein Geist der Wahrheit ist, nicht in unseren Herzen wohnt, stecken wir irgendwie in der Lüge. Und auch dann, wenn der Geist Gottes seine Arbeit im Herzen hat, braucht es viel Zeit, bis wir gründlich frei werden von allem Selbstbetrug, von allem Entschuldigen der Sünde und von allem Liebäugeln mit der Sünde. Befreiung von Gebundenheit, zumal von fleischlicher Gebundenheit, ist eine Unmöglichkeit, solange wir nicht völlig aufrichtig sind.

Die erste Bedingung, von Gebundenheit frei zu werden, ist, daß wir die Stellung zur Sünde einnehmen, die Gott in seinem Wort einnimmt. Daß er alle Sünden verdammt, hat er am klarsten bewiesen am Kreuz seines Sohnes, der um unserer Sünden willen ein Fluch wurde am Fluchholz. Ich kann seufzen über die Sünde, ich kann alle möglichen guten Vorsätze fassen. Es hilft mir alles nichts, solange ich mich nicht unbedingt beuge unter das Verdammungsurteil Gottes über die Sünde am Kreuz Jesu. Diese meine Beugung ist aber erst dann aufrichtig, wenn ich jede einzelne Lust, die in meinem Herzen aufsteigt, verdamme. Alles Liebäugeln mit der Sünde muß aufhören; denn ohne das gibt es keine völlige Willensscheidung von der Sünde, und ohne diese Willensscheidung gelangen wir zu keinem Sieg über die Sünde.

## Völliger Bankrott

Ich habe schon Tausende von Sündenbekenntnissen angehört. Manche von ihnen waren der Anfang zur Befreiung, zum Sieg über die Sünde. Ich habe aber auch Bekenntnisse gehört, auf die keine Befreiung folgte, weil der Bekenner noch nicht völlig bankrott war. Er hoffte, er werde nach dem Bekenntnis Herr werden über die Sünde. Das ist aber ein Irrtum. Wir selber werden mit aller unserer Energie weder vor dem Bekenntnis noch nach dem Bekenntnis noch durch das Bekenntnis Herr über die Sünde. Solange ich noch hoffe, über die Sünde zu siegen, blicke ich noch auf die Sünde und bleibe darum gebunden an die Sünde. Wenn ich aber völlig bankrott geworden bin mit meinem Können, dann lerne ich auf Jesum, den einzigen Überwinder der Sünde, blicken. Ich blicke nicht mehr auf mich und auf die Sünde, sondern kehre der Sünde für immer den Rücken und vertraue auf Jesum und halte mich an ihn als ein mit ihm Gekreuzigter.

## Eine ganz neue Stellung

Damit nehme ich eine ganz neue Stellung ein. Vorher stand ich der Sünde gegenüber und kämpfte erfolglos gegen sie. Jetzt stehe ich mit Christo und in Christo da. Ich seufze nicht mehr, ich vertraue. An meinem Leib der Sünde und des Todes erwarte ich keine Reform mehr, er ist und bleibt mit Christo gekreuzigt. Christus hat all meine Schuld, die hinter mir liegt, bezahlt. Er hat alle Sünde überwunden und ist als Sieger über Sünde und Tod auferstanden. Er siegt nun auch in mir, wenn ich ihm kindlich vertraue. Meine Waffen sind jetzt nicht mehr meine guten Vorsätze, sondern das gläubige Gebet und das Schwert des Geistes, das Wort Gottes.

Ihr Sündenbekenntnis macht mir den Eindruck einer Bankrotterklärung, der Flucht aus eigenem, vergeblichem Ringen heraus hin zu Jesu, Ihrem Überwinder. Und nun ergreifen Sie ihn als Ihren Versöhner, als Ihren Frieden, als Ihren Überwinder und als Ihren Bewahrer! Dann beginnt die Freiheit der Kinder Gottes für Sie.

Letzthin sagte mir einer, dieser Weg sei bequem. Ja, für die, welche glauben, wachen und beten, ist er bequem; aber verbunden mit beständiger Beharrlichkeit: Wir wenden uns beharrlich ab von der Sünde, wir hassen sie beharrlich, wir vertrauen beharrlich auf Jesum und wissen, Er ist und bleibt Sieger, ein herrlicher Erlöser.

Nun schließen Sie sich auch an an die »Erlösten des Herrn«! Die Gemeinschaft der Heiligen ist ein herrliches Bewahrungsmittel gegen Rückfall und ein köstliches Hilfsmittel zum Bleiben in Jesu. Beides ist hochnötig für Sie in dieser Welt von Gebundenen, wo man so leicht befleckt und geschwächt wird. Schärfen Sie Ihren Blick täglich durch Gottes Wort zum Wachen und pflegen Sie den Gang zum Gnadenthron täglich! Dort ist unser Bergungsort gegen alle Versuchungen, bis wir ankommen werden im Vaterhause, wo keine Sünde mehr sein wird, wo wir Ihm gleich sein werden, denn wir werden ihn sehen, wie Er ist.

# 6. Die Sünde wider den Heiligen Geist

## Von dieser ist im ganzen Neuen Testament nie die Rede

In Ihrem Brief fragen Sie mich: »Was ist Sünde wider den Heiligen Geist?« Diese Frage habe ich schon unzählige Male gehört. Vergegenwärtige ich mir die Fragesteller, so machten sie mir gewöhnlich den Eindruck, daß ihre Frage eine Frage innerer Anfechtung vom Satan sei. Sie waren ängstlich, sie möchten die Sünde begangen haben, von welcher der Heiland sagt, sie werde den Menschen nicht vergeben, weder in dieser noch in jener Welt. Ein Kenner des Neuen Testaments kann schon bei der genauen Beachtung dieser Frage Verdacht schöpfen, sie sei eine Einflüsterung des »Lügners vom Anfang«. Warum? *Weil im ganzen Neuen Testament nie die Rede ist von der Sünde wider den Heiligen Geist, die nicht vergeben wird.*

## Man kann den Heiligen Geist betrüben

In Matthäus 12, 31. 32, Markus 3, 28–30 und Lukas 12, 10 redet der Heiland von der Lästerung wider den Heiligen Geist, und in Epheser 4, 30 warnt der Apostel: »Betrübet nicht den Heiligen Geist!« Er richtet diese Warnung an eine Gemeinde, von der er schon in Kapitel 1, 13 gesagt hatte, sie sei *versiegelt* mit dem Heiligen Geist. Wie konnten die Epheser den Heiligen Geist betrüben? Darauf antwortet der Apostel sofort in Vers 31: »Alle Bitterkeit und Grimm und Zorn und Geschrei und Lästerung sei ferne von euch samt aller Bosheit.« Durch solche Sünden, ja durch jeden Ungehorsam gegen die Stimme des Heiligen Geistes wird dieser betrübt.

Wie es aber Eltern nicht einfällt, ihr Kind zu verstoßen und zu verdammen, wenn es sie betrübt, so fällt es unserem Gott nicht ein, irgend jemand zu verdammen, der seinen Geist betrübt. Wenn wir ihn betrübt haben, so verlangt er von uns, daß wir uns bußfertig vor ihm beugen, um Vergebung bitten, und er vergibt uns. Wollte Gott uns verdammen, wenn wir den Heiligen Geist betrüben, so müßte er uns alle verdammen, weil wir alle Sünder sind, und weil jede Sünde den Heiligen Geist betrübt. Eben deshalb sagt das Neue Testament nie, das Betrüben des Heiligen Geistes werde nicht vergeben.

## Nur die Lästerung des Geistes wird nicht vergeben

Ich habe oben schon gesagt, daß der Heiland in Matthäus 12, 31. 32, Markus 3, 28–30 und Lukas 12,10 nicht redet von *Sünde* wider den Heiligen Geist, die nicht vergeben wird, sondern von *Lästerung* des Heiligen Geistes, die nicht vergeben wird. Sünde und Lästerung sind aber zwei ganz verschiedene Dinge. Ein ganz blinder Mensch hat den Heiligen Geist nicht und kennt ihn nicht; folglich kann er weder Sünde wider den Heiligen Geist tun noch denselben lästern, er ist in der Finsternis und kennt deshalb die Bedeutung der Sünde nicht. Wollte der Teufel einen Menschen anfechten, er habe in totem Zustand die Sünde wider den Heiligen Geist begangen, so ist es dasselbe, wie wenn man einem Blinden den Vorwurf macht, er habe seine Augen nicht geöffnet für die Sonne.

Sobald aber ein Mensch durch den Heiligen Geist erweckt ist, und noch mehr, wenn er wiedergeboren ist, kann er wider den Heiligen Geist sündigen, weil, wie ich schon gesagt habe, jeder Ungehorsam, jede bewußte Sünde eine Sünde wider die Stimme und Zucht des Heiligen Geistes ist. Aber von dieser Sünde sagt das ganze Neue Testament nie, daß sie nicht vergeben werde. Der Heiland sagt ausdrücklich und unmißverständlich in Matthäus 12, 31: »*Alle Sünde und Lästerung* wird den Menschen vergeben; aber die *Lästerung wider* den Geist wird den Menschen nicht vergeben.« Also nur sie wird nicht vergeben. Wenn wir fragen, warum die Lästerung des Heiligen Geistes nicht vergeben werden kann, so ist die Antwort:

1. Es können solche den Heiligen Geist lästern, die einen tieferen Eindruck von ihm erhalten haben.

2. Alle Arbeit Gottes am Menschenherzen geschieht durch den Heiligen Geist. Hat jemand einen tieferen Eindruck von ihm bekommen, wie das bei den Pharisäern durch Jesum geschehen

war, so muß er, ehe er zur Lästerung kommen kann, Herz und Gewissen völlig verschließen und abwenden vom Heiligen Geist und feindliche Stellung einnehmen gegen denselben und in bewußte Bosheit versinken. Dieser Zustand macht die Buße und darum auch die Vergebung unmöglich. Petri Verleugnung war Schwachheitssünde und wurde vergeben. Die Sünde des Judas war Bosheitssünde und wurde nicht vergeben.

## Wir müssen es mit den Worten des Heilandes genau nehmen

Für die Beantwortung unserer Frage ist es wichtig, zu fragen: Warum ficht der Teufel die meisten Menschen nicht mit der Beschuldigung an, sie hätten die *Lästerung* wider den Heiligen Geist begangen, sondern mit der Beschuldigung, sie hätten die *Sünde* wider den Heiligen Geist begangen? Die Antwort ist leicht: Mit der *Sünde* kann er den meisten leicht beikommen, weil sie alle Sünder sind, und weil jede Sünde von erweckten und bekehrten Menschen sich mit dem Heiligen Geist berührt. Wollte er viele beschuldigen, sie hätten den Heiligen Geist gelästert, so könnten sie sofort sagen: »Das habe ich nie getan.« So erkennen wir also in vielen Fällen schon an der Art der Versuchung die List des Satans, der die Seelen ängstlich machen, umnachten und zur Verzweiflung bringen will.

Sollen wir bewahrt werden vor Satans List und Macht, so müssen wir es genau nehmen mit den Worten des Heilandes. Wir dürfen nichts dazu und nichts davon tun und müssen sie im Zusammenhang betrachten. Für viele Angefochtene ist es schon eine Erlösung, wenn ihnen Jesus, dem der Vater alles Gericht übergeben hat, ausdrücklich sagt: »Alle Sünde und Lästerung wird den Menschen vergeben; aber die Lästerung wider den Geist wird den Menschen nicht vergeben.«

## Die Pharisäer haben die Lästerung begangen

Wenn wir also vom Herrn ganz bestimmt hören, daß nur die Lästerung des Heiligen Geistes nicht vergeben wird, so ist unsere erste Frage: Was versteht er unter Lästerung des Geistes? Matthäus 12, 22–32 gibt uns eine klare Antwort. Der Heiland heilte in der Kraft des Heiligen Geistes, von dem Er erfüllt war, einen Besessenen, der blind und stumm war. Dem Volk, das Zeuge von dieser Heilung war, machte dieselbe einen tiefen Eindruck. Als die Pharisäer das sahen, sprachen sie: »Er treibt den Teufel nicht anders aus denn durch Beelzebub, den Obersten der Teufel.«

Mit diesen schrecklichen Worten haben die Pharisäer den Heiligen Geist, der in Jesu wohnte, Beelzebub, den Obersten der Teufel, genannt, und das heißt der Heiland *Lästerung des Heiligen Geistes.* Der Neid und die Selbstsucht der Pharisäer bewogen dieselben, dieses Lästerwort auszusprechen. Sie wollten dadurch dem Heiland den Einfluß abschneiden, um ihr eigenes Ansehen zu retten. Ihre Lästerung des Heiligen Geistes wurde dadurch so überaus sündig, weil sie den Ausspruch aus Bosheit, gegen ihre eigene Überzeugung, taten. Sie wußten wohl, daß das Wirken des Herrn nicht in der Kraft des Teufels geschehen konnte, sondern in der Kraft Gottes. Aber der Haß gegen Jesus riß sie hin zu dieser schauerlichen Lästerung, von der der Heiland in Matthäus 12, 32 sagt, sie werde weder in dieser noch in jener Welt vergeben.

Wir müssen also zum Trost vieler Angefochtener dabei bleiben, daß der Heiland nur von dieser speziellen Sünde der Pharisäer sagte, sie werde nicht vergeben. Dabei müssen wir uns vergegenwärtigen, daß der Heiland der Heilige und Sündlose war, dessen Blick, dessen Worte und Wandel durch den Heiligen Geist völlig geheiligt waren. Wenn jemand heute vom geheiligtsten Menschen dasselbe Lästerwort aussprechen würde, das die Pharisäer gegen Jesus aussprachen, so wäre die Sünde bei weitem nicht so schwer, weil auch heilige Menschen noch Sünde an sich haben, also bei jedem Menschen, Jesus ausgenommen, mehr oder weniger Ursache zum Mißtrauen vorhanden ist. Eben deshalb steht die Sünde der Pharisäer einzigartig da.

Es ist daher in hohem Grad leichtfertig und verantwortungslos, wenn man so leichthin über die Sünde wider den Heiligen Geist redet. Bei den vielen, die zu mir kamen, in der Angst, sie hätten die Sünde der Pharisäer begangen, sah ich, einen abgefallenen Mann ausgenommen, in den ersten fünf Minuten, daß es Anfechtung vom Feind war, und konnte sie belehren und beruhigen. Man kann bei Behandlung dieser Frage nicht genug bitten, die drei wiederholt angegebenen Stellen in Matthäus 12, 31. 32; Markus 3,

28–30 und Lukas 12, 10 ganz genau zu lesen. Dann wird man finden, daß alle Lästerung, auch Gotteslästerung, und das Reden wider des Menschen Sohn vergeben wird, vorausgesetzt, daß der Mensch Buße tut und Vergebung sucht. Dadurch sehen wir, wie weit die Barmherzigkeit und die Vergebungsgnade Gottes bei allen aufrichtigen und bußfertigen Menschen geht.

Der Teufel braucht die Formel: »Sünde wider den Heiligen Geist« besonders gern bei ängstlichen, aufrichtigen Seelen, weil er an dieselbe die Drohung, welche über die Geisteslästerung der Pharisäer ausgesprochen ist, hängen und ihnen Angst machen kann.

Da Sie erst vor kurzem zum Glauben gekommen sind, so verstehe ich wohl, daß der Feind Sie mit dieser Frage bewegt: er möchte Ihnen den Glauben rauben. Blicken Sie ganz auf Ihren gekreuzigten Heiland und stellen Sie sich ganz unter seine bewahrende Blutskraft! Selbstverständlich gibt es nach Hebräer 6, 4–6 Zustände bei Menschen, welche die Vergebung ausschließen. Wenn ein durch den Heiligen Geist erleuchteter Mensch abfällt vom Herrn, Jesus aufs neue kreuzigt und ihn für Spott hält, wer soll ihn dann retten? Aber solche Leute kommen nicht ängstlich zum Seelsorger, um ihn zu fragen, ob sie Vergebung finden können. Sie sind Spötter, sie sind verstockt.

## Fremde Lästerungen als Anfechtungen Satans

Da Sie »eingehende« Behandlung der Frage wünschen, so bemerke ich zum Schluß, daß es eine gewisse Art von Anfechtung gibt, die als Lästerung des Heiligen Geistes erscheinen könnte. Es kamen schon viele zu mir, die innerlich von Lästerungen gequält wurden. Diese Lästerungen waren ihnen eine Last und eine Qual. Einzelne von diesen Geplagten meinten, es seien ihre eigenen Lästerungen, und darum hätten sie der Pharisäer Lästerung begangen. Ich konnte ihnen aber klarmachen, daß es fremde Lästerungen, direkte Anfechtungen des Feindes, feurige Pfeile des Bösewichts seien (Eph. 6, 16). Dann gab ich ihnen den Rat, sich nicht mehr zu quälen wegen dieser Stimmen und Lästerungen, sondern sich bei jedem Angriff sofort vertrauensvoll unter den Schutz des für sie vergossenen Blutes Christi zu stellen. Alle, die diesen Rat *beharrlich* befolgten, fanden Hilfe und Ruhe, wie der Herr in Matthäus 11, 28–30 klar und bestimmt verheißen hat.

Ich hoffe, Sie werden durch das Gesagte zu völliger Klarheit und Ruhe kommen und erkennen, daß das ganze Neue Testament nirgends von der Sünde wider den Heiligen Geist sagt, daß sie nicht vergeben werde; es sagt dieses nur von der *Geisteslästerung* der Pharisäer.

# 7. Heilung durch den Glauben

## Zwei ganz verschiedene Erfahrungen

Es freut mich sehr, daß es Ihrer Schwester seit jener Handauflegung anhaltend gut geht und sie keiner Kur mehr bedarf. Diese Erfahrung, daß der Herr ein Lungenleiden so rasch wegnahm, nachdem schon der Koffer für die Badereise gepackt war, war auch für mich eine Glaubensstärkung. O, daß wir ihm mehr vertrauten!

Ich muß Ihnen aber bekennen, daß Ihre Mitteilung über Sie selbst mich noch mehr zu Lob und Dank gegen Gott gestimmt hat und mir noch wertvoller für meine Arbeit ist als die Erfahrung Ihrer Schwester. Also sieben Wochen lang mußten Sie nach der Handauflegung, ohne eine Spur von Besserung zu sehen, festhalten: »Der Herr ist mein Arzt«, bis Ihr Bruch endlich spurlos verschwand und nicht wieder austrat. Dafür sei der Herr von Herzen gepriesen! Ihre Heilung freut mich jetzt viel mehr, als wenn ich sie sofort nach der Handauflegung hätte sehen dürfen. Sie zeigt mir, wie wichtig der ausharrende, nackte Glaube ist. Ich bin ganz gewiß, daß schon viele dieselbe Erfahrung wie Sie gemacht haben würden, wenn sie sich durch scheinbaren Mißerfolg nicht hätten stören lassen im anhaltenden Glauben.

Alle meine Freunde, die seit vielen Jahren praktische Erfahrung in der Heilung durch den Glauben machten, haben übereinstimmend gefunden, daß es in vielen Fällen schlimmer wurde mit dem Kranken nach der Handauflegung. Selbstverständlich will der Feind durch solche Erscheinungen den Kranken verhindern, den Glaubensweg zu betreten. Es ist ein großer Mangel, daß so viele glauben, der Teufel versuche uns nicht am Leibe, sondern nur an der Seele, während er doch so viel Rechte an unseren Leib hat um unserer Sünden willen. Ich habe es an meiner eigenen Person und an anderen erfahren, daß der Feind gerade die Arbeiter im Weinberg des Herrn am Leibe zu fassen sucht, um sie lahm zu legen. Vor drei Wochen stand an einem Tage eine große

Aufgabe vor mir. Da wurde an demselben Tage, morgens 5 Uhr, ein organisches Leiden so schlimm, daß ich fragen mußte: »Was soll das werden?« Der Herr machte es mir klar, es sei ein Angriff vom Feind. Sofort erfaßte ich den Herrn als meinen Arzt nach Jesaja 53, 4. 5, und von der Stunde an ging es mir besser, und die Anstrengung jenes Tages schadete mir nichts.

## Gott ist souverän

Ich glaube entschieden, wir wären weiter in der Erkenntnis und Erfahrung der Heilung durch den Glauben, wenn nicht so viel Unreifes darüber geschrieben worden wäre. Es haben Leute darüber geschrieben, die keinen Beruf hierzu hatten, weil sie überhaupt keine Erfahrung in der Sache hatten. Andere haben so überspannt über Heilung durch den Glauben geredet, daß sie jammervolle Verwirrung anrichteten. Sie meinten, es handle sich nur um den *Glauben,* und wenn dieser da sei, so könne man jedermann gesund beten. Wieder andere haben behauptet, wenn der Kranke sich von jeder erkannten Sünde lossage, so *müsse* er gesund werden, und wenn jemand richtig zum Herrn stehe, so werde er nicht krank. Das sind lauter Überspanntheiten, die viele Gewissen verwirrt und manche arme Kranke unnötig gequält haben.

Gegenüber solchen Behauptungen möchte ich sagen: Unser Gott ist souverän. In vielen Fällen hatte ich Gebetserhörungen, in andern hatte ich sie nicht, konnte aber den Grund der Nichterhörung nicht angeben. Die wohlfeile Erklärung, es fehle in letzterem Fall den Kranken am Glauben, möchte ich mir nicht in allen Fällen aneignen.

Dann ist es wichtig, daß wir bekennen: Die eigentliche Gabe der Heilung, wie wir sie beim Herrn, seinen Aposteln und in 1. Korinther 12, 9 sehen, haben wir nicht. Ich finde es den Kranken gegenüber grausam, wenn man an sie die Forderung stellt, durch ihren Glauben sollten sie die Gabe der Heilung ersetzen. Wer nicht sagen kann: »Im Namen Jesu stehe auf und wandle«, der hat auch kein Recht, dem Kranken zu sagen: »Wenn du glaubst, so kannst du aufstehen und wandeln.«

## Gott kann die Seinen durch Krankheit erziehen

So viel sollte jedem erfahrenen Seelsorger klar sein: Krankheiten haben in sehr vielen Fällen erziehlichen Zweck. Ist dieser Satz richtig, so wird auch der andere richtig sein: Gott wird ein Leiden nicht wegnehmen, ehe er seinen Zweck bei dem Kranken erreicht hat; vorher können wir die Heilung gar nicht wünschen. Wir können keine Schablonen machen. Wir müssen bei dem einzelnen Kranken sehen, ob sein Herzenszustand uns erlaubt, um seine Heilung zu bitten. Das ist auch in Jakobus 5, 15. 16 eingeschlossen. Krankheiten immer als Folge spezieller Sünde hinstellen zu wollen, entspricht weder dem Worte Gottes noch der Erfahrung (siehe Joh. 9, 3 und 11, 4.) Wenn es Gottes Wille ist, daß eines seiner Kinder ihn im Leiden verherrliche, wer will es ihm wehren? Gläubiges Gebet ist nicht eine Kanonade, durch die man Gott zur Kapitulation zwingt, sondern das Bitten des Tiefgebeugten, der seinem Gott *alles* zutraut, aber auch *alles* hinzunehmen bereit ist, was seine Hand gibt.

## Nicht zu schnell die Hände auflegen!

Mit dem Gesagten hoffe ich die meisten Ihrer Fragen beantwortet zu haben. Einige wichtige Punkte muß ich aber noch berühren: Wir müssen an Krankenbetten treten als Leute, die etwas zu bringen haben. Dazu bedürfen wir Mitleiden, Barmherzigkeit. Wie mancher Kranke ist mit Sorgen belastet! Wie köstlich ist es für uns, den Herrn anpreisen zu dürfen, der uns das Vorrecht schenkt, *alle* unsere Sorgen auf ihn werfen zu dürfen, weil er für uns sorgt (1. Petr. 5, 7)! Damit weiß ich, daß ich auch des Kranken Sorgen vor Gott bringen darf, und wenn ich das in herzlichem Gebet tue, so ist es Balsam für den Kranken und bewirkt Zutrauen zum Seelsorger.

Bei allem Mitleiden dürfen wir aber nicht vorschnell sein mit dem Händeauflegen. Ich habe die Hände nie aufgelegt, wenn ich vermutete, der Kranke oder seine Familie habe sich mit Besprechen abgegeben, oder es liege ein anderer Bann vor. In allen solchen Fällen habe ich zuerst auf Erkenntnis und Bekenntnis der Sünde hingewirkt. Wir müssen es in solchen Fällen sehr ernst nehmen, sonst machen wir uns fremder Sünde teilhaftig.

## Der Herr trug auch unser leibliches Elend am Kreuz

Treffen wir bei einem Kranken keinen besonderen Bann und finden wir ihn völlig offen für evangelischen Zuspruch, dann dürfen wir ihm auch die Hände auflegen, und je nachdem uns der Herr innere Freiheit schenkt, für seine Genesung bitten. In diesem Fall ist es wichtig, daß wir uns völlig auf den Boden von Golgatha stellen. Alle Gaben, die wir von Gott erbitten, sind Gnadengaben, die uns Gott darreicht aufgrund des Opfers Jesu Christi am Kreuz. Das ist auch der Fall bei der Gabe der Heilung des Leibes.

Wie leicht entsteht im Blick gerade auf diese Gabe die Frage: Bin ich würdig – oder unwürdig? Seit dem Jahre 1858, als der Herr mich unter Handauflegung von fünfvierteljährigem Siechtum heilte, ist es mir für mich und andere ein unendlicher Trost, daß der Herr nach Jesaja 53, 4. 5 und Matthäus 8, 17 nicht nur mein Sündenelend, sondern auch mein leibliches Elend am Kreuz getragen hat. Stelle ich mich auf Kreuzesboden, so stehe ich auf Gnadenboden, und die Frage »würdig oder unwürdig?« muß verstummen. Ich darf getrost auch um Gesundheit bitten für mich und andere. Wie oft habe ich es Jahrzehnte hindurch erfahren, daß der Herr, wenn ich mich auf diesen Boden stellte, das Gebet für Kranke erhörte! Will man erfolgreich ankämpfen in unserer verwirrten Zeit gegen alle *unnüchterne »Gesundbeterei«,* dann soll man so kämpfen, daß man zugleich versteht und annimmt, was die Schrift für den Leib verheißt.

## Wenn es dein Wille ist

Zum Schluß möchte ich aber noch einem Irrtum begegnen. Nach Jesaja 53, 4. 5 und Matthäus 8, 17 hat der Herr uns am Kreuz das Gnadenrecht erworben, daß wir auch um Heilung von leiblicher Krankheit bitten dürfen. Es wäre aber bedenklich zu behaupten: *Wie* er uns am Kreuz Vergebung der Sünden erworben hat, *so* hat er uns auch Heilung von *aller* leiblichen Krankheit erworben. Vergebung der Sünden ist absolute Notwendigkeit; Heilung von leiblicher Krankheit ist keine Notwendigkeit, sonst müßte der Tod beseitigt werden.

Alle, die versucht haben aufgrund der zwei genannten Stellen Heilung von aller Krankheit zu lehren, sind zuschanden geworden. Bitte ich Gott um Vergebung der Sünden, so brauche ich nicht hinzuzufügen: wenn es dein Wille ist. Ich darf sie im Glauben annehmen. Bitte ich aber um Heilung des Leibes, so darf der Zusatz nicht fehlen: wenn es dein Wille ist. Wir müssen kindlichen Glauben und Ergebung in den Willen Gottes vereinigen.

# 8. Wie erkennen wir den Willen Gottes?

## Innere Ruhe ist nötig

Sie stellen zwei Fragen an mich: 1. *Was ist der Wille Gottes in meiner jetzigen Lage?* Und 2. *Wie kommt man überhaupt zu einer klaren Erkenntnis des Willens Gottes?* Das sind zwei sehr wichtige Fragen, vor denen wir unser ganzes Leben hindurch immer wieder stehen. Was Ihre gegenwärtige Lage betrifft, so kann ich deren Schwierigkeit aus Erfahrung verstehen. Sie sind völlig im Unklaren, ob Sie Ihre gegenwärtige Stelle verlassen und den Ruf nach N. annehmen sollen.

Soweit ich urteilen kann, kommt Ihre Unklarheit daher, daß ebenso viele Gründe für Ihr Bleiben wie für Ihr Gehen zu sprechen scheinen. Ich rate Ihnen, *stille zu werden.* Wenn man in Ihrer Lage unruhig und innerlich hin und her geworfen wird, so kommt man zu keiner Klarheit. Innere Ruhe ist unbedingt nötig, wenn wir den Willen Gottes erkennen sollen; denn der Wellenschlag von »für« und »wider« läßt uns nicht zu klarem Urteil kommen.

## Bloß persönliche Neigungen müssen zurücktreten

Es ist wichtig, daß Sie klar unterscheiden zwischen persönlicher Neigung, Familieninteresse und göttlichem Winken. Letztere müssen im Vordergrund stehen. Dieselben treten Ihnen entgegen in den vorhandenen Verhältnissen. Ich weiß, Sie haben in der letzten Zeit verschiedene Unannehmlichkeiten gehabt. Hüten Sie sich, darin eine Ursache zu erblicken, Ihren jetzigen Posten zu verlassen! Ich kannte und kenne manche Freunde, die eine neue Stelle annahmen, um Schwierigkeiten auszuweichen. Es hat sie nachher bitter gereut, weil sie in noch größere Schwierigkeiten hineinkamen.

Eine Hauptfrage wird sein: Können Sie vor Gott die Überzeugung gewinnen, daß Sie auf Ihrem jetzigen Posten Ihre Aufgabe erfüllt haben und es deshalb Zeit ist, ihn zu verlassen? Oder bekommen Sie bei ruhiger Überlegung den Eindruck, Ihre bisherige Arbeit leide Schaden, wenn Sie den neuen Ruf annehmen? Über diese Fragen müssen Sie sich klar werden. Dann kommt die weitere Frage: Glauben Sie, in N. mehr für den Herrn wirken zu können als in Ihrer bisherigen Stellung, und sind Sie gewiß, daß Sie die Gabe und Ausrüstung besitzen für die Aufgabe, die Ihrer in N. warten würde? In der richtigen Beantwortung dieser Fragen liegt viel Licht für eine Gott wohlgefällige Entscheidung. Wenn in solchen Stunden alle bloß persönlichen Neigungen und nebensächlichen Interessen zurücktreten und die nackte Frage vor der Seele steht: »Was ist der Wille Gottes?«, so wird es oft sehr rasch Licht. Eilen Sie nicht mit der Entscheidung! Übereilung ist in solchen Fällen immer vom Übel.

## Gibt es eine »innere Geistesstimme?

Was Ihre zweite Frage betrifft: *»Wie kommt man überhaupt zu einer klaren Erkenntnis des Willens Gottes?«*, so hört man in unseren Tagen verschiedene Antworten: Manche sagen: Die innere Stimme des Geistes offenbart uns den Willen Gottes. Jedes erfahrene Kind Gottes wird zugeben, daß es in wichtigen Stunden des Lebens Licht bekam über den Willen Gottes durch die stille Stimme des Geistes Gottes. Das entspricht ja auch den klaren Worten der Schrift in Johannes 16, 13; Apostelgeschichte 13, 2; 16, 6. 7.

Aber man sehe wohl zu, was Stimme des Geistes sei. Seelische Gefühle und innere Erregung sind keine Geistesstimme, werden aber leider oft damit verwechselt. Überhaupt muß in unserer Zeit die apostolische Mahnung sehr beherzigt werden: »Prüfet die Geister, ob sie von Gott sind« (1. Joh. 4, 1). Die Stimme des Geistes Gottes muß in allen Fällen mit dem Worte Gottes übereinstimmen; denn im Worte Gottes ist uns der Wille Gottes klar und untrüglich geoffenbart. Was mit ihm nicht harmoniert, sollen wir ohne weiteres verwerfen.

## Geübte Sinne und erleuchteter Verstand

Wenn ich gerne zugebe, daß Gott uns seinen Willen durch die Stimme des Geistes kundtun kann, so möchte ich das ergänzen durch folgende Stellen: Hebräer 5, 14: »Den Vollkommenen aber gehört starke Speise, die durch Gewohnheit haben geübte Sinne, zu unterscheiden Gutes und Böses.« Philipper 1, 9–11: »Und darum bete ich, daß eure Liebe je mehr und mehr reich werde in allerlei Erkenntnis und Erfahrung, daß ihr prüfen möget, was das Beste sei.« Römer 12, 2: »Und stellet euch nicht dieser Welt gleich, sondern verändert euch durch Erneuerung eures Sinnes, auf daß ihr prüfen möget, welches da sei der gute, wohlgefällige und vollkommene Gotteswille.« Kolosser 1, 9: »Wir hören nicht auf, für euch zu beten und zu bitten, daß ihr erfüllet werdet mit Erkenntnis seines Willens in allerlei geistlicher Weisheit und Verstand.«

Fassen wir diese vier Stellen zusammen, so wird es uns klar, daß Kinder Gottes nicht etwa immer auf innere Geistestimmen warten dürfen, um den Willen Gottes zu erkennen. Sie müssen weiterkommen: Sie müssen durch die Erleuchtung des Geistes Gottes, durch Erfahrung in den Wegen Gottes, durch Forschen im Worte Gottes geübte Sinne, geistliches Prüfungsvermögen, geistliche Weisheit und erleuchteten Verstand bekommen, um im einzelnen Fall den Willen Gottes klar zu erkennen.

Es hat mich schon oft schmerzlich berührt, wenn ich sehen mußte, daß gewisse Christen eine Art Widerwillen haben gegen erleuchteten Verstand und sich ausschließlich nach inneren Gefühlen richten. Warum können denn Väter und Mütter in Christo in vielen Fällen sofort sagen, was der Wille Gottes sei? Weil sie geübte Sinne, einen erleuchteten Verstand haben nach Hebräer 5, 14 und Kolosser 1, 9. Wenn wir von Herzen Gottes Willen tun und seine Wege gehen wollen, so bekommen wir immer mehr Licht über Gottes Willen, und das Psalmwort wird uns immer köstlicher: »Dein Wort ist meines Fußes Leuchte und ein Licht auf meinem Wege« (Ps. 119, 105). Das größte Hindernis, Gottes Willen zu erkennen, ist der Eigenwille, eigene Liebhabereien. Je näher wir unserem Gott sind, desto klarer wird uns sein Wille.

## Zeiten des Wartens

Es kommen aber immer wieder Fälle im Leben vor, in welchen es uns schwer wird, Klarheit über Gottes Willen zu bekommen. In solchen Zeiten müssen wir auf Licht von oben *warten* und dürfen uns von keinem Menschen zum Handeln treiben lassen, bis der Herr uns klar gezeigt hat, was wir zu tun haben. Psalm 37, 7: »Sei stille dem Herrn und warte auf ihn« ist für solche Zeiten ein köstliches Rezept. Wenn wir nur ganz aufrichtig sind, so wird der Herr uns unterweisen den besten Weg, weil wir ihn fürchten (Ps. 25, 12). Welche Wohltat ist es, wenn man in Tagen, in denen große Fragezeichen vor uns stehen, erfahrene Mitbeter und Mitberater hat!

# 9. Darf uns der Kampf der Lehrmeinungen unglücklich machen?

Sie schreiben mir, wie unglücklich Sie seien wegen der vielen Lehrmeinungen, die uns von rechts und links umschwirren. Ich verstehe Sie aus Erfahrung. Ich war ebenso unruhig und habe mich auch ereifert über dieser und jener Erscheinung, aber der Herr hat mich ruhig gemacht.

Ich bin mir bewußt, weder Gabe noch Beruf für neue dogmatische und exegetische Erfindungen zu haben. Auch regt sich in mir kein Drang, extra interessant zu sein und Feuerwerk »abzubrennen«. Ich bin ein einfacher Landschaftsmaler. Vor vielen Jahren lag ich erschöpft am Wege. Da trat ein Mann vor mich, der mich überaus freundlich an der Hand nahm und mich auf den Hügel Golgatha führte. Dort umwehte mich eine wunderbare Friedensluft, die mein Herz erfüllte und Leib und Seele erquickte, und vom Fuße des Kreuzes meines Heilandes eröffnete sich mir eine Aussicht bis in das neue Jerusalem, die ich nicht beschreiben kann. Wie konnte ich anders? Ich malte den Hügel Golgatha mit dem Kreuz, für mich der schönste Punkt der Welt.

Fröhlich ging ich heim und setzte diese meine unscheinbare Landschaft mit dem Kreuz in mein Schaufenster. Das war vor 53 Jahren. Manche gingen seither vorbei am Schaufenster und rümpften die Nase mit der Bemerkung: »Das Kreuz wirkt störend.« Andere sagten: »Die Wundenmale und die Dornenkrone sollten feiner ausgeführt sein.« Das alles machte mich nicht irre. Wenn ich immer wieder müde Pilger vor meinem Schaufenster stehen sah, die mir den Eindruck der Erschöpfung machten, und in deren Augen ich ein tiefes, ungestilltes Sehnen sah, so rief ich sie herein in mein Atelier, bot ihnen einen Sitz an und erzählte ihnen, wieviel Genuß, Erquickung und Stärkung ich auf dem Hügel Golgatha am Fuße des Kreuzes gefunden habe. Ich darf mit Freuden bezeugen, daß sehr viele dieser Erschöpften sich vor der verachteten Majestät meines gekreuzigten Heilandes beugten, Frieden fanden und ihm Treue bewahrten.

Oft hat man mich gefragt, warum ich mich nicht mehr nach

»modernen Meistern« bilde? Meine Antwort war: Mein Altmeister bleibt Paulus, der den Galatern Jesum Christum vor die Augen malte als den Gekreuzigten, der sein einziger Ruhm war (Gal. 3, 1; 6, 14). Und über dem »Altmeister« steht mir der große Meister: Jesus Christus, der Gekreuzigte, dessen Tod ich verkündigen helfen will, bis daß er kommt. Das ist mein Standpunkt. Ich habe die »kirchliche Kunstgeschichte« und die »moderne Kunstgeschichte« studiert und habe gefunden, wie rasch mancher moderne Meister aus der Mode kommt und daß die Schule des Apostels Paulus immer noch viele Jünger macht in allen fünf Weltteilen.

Werden Sie ruhig! Wir können die Verbreitung von neuen geistlichen Kunstprodukten nicht verhindern. Wir wollen auch die geistlose Art nicht nachmachen, die ihre Meinung überall aufnötigen will. Wir sind *Zeugen* dessen, das wir gesehen und gehört haben, und wollen unverrückt bleiben bei der *gesunden Lehre* und Jesus Christus, dem Gekreuzigten und Auferstanden vertrauen, dessen Gemeinde von den Pforten der Hölle nicht überwältigt werden wird.

# II.

# Geistliches Wachstum und Wandel zur Ehre des Herrn

# 1. Geistliches Wachstum

## Wider die Selbstgerechtigkeit

In meinem letzten Brief versprach ich Ihnen, demnächst ein Wort über geistliches Wachstum zu sagen, weil Sie klagten über den Mangel desselben in Ihrer Gemeinde. Ich sprach die Überzeugung aus, daß in Ihrer Gemeinde der Panzer der Selbstgerechtigkeit erst durchbrochen werden muß, ehe geistliches Wachstum kommen kann, und riet Ihnen zu diesem Zweck zwei Mittel: die Predigt vom Kreuz und monatliche Missionsstunden. Selbstverständlich ist unsere Predigt das Hauptmittel für Beseitigung aller Übelstände in der Gemeinde. Missionsstunden rechne ich im weiteren Sinne auch zur Predigt, lege aber doch den Hauptnachdruck auf die sonntägliche Predigt und die Bibelstunden, zu denen dann noch die Einzelseelsorge kommen muß.

Die Heilige Schrift bietet uns viel Stoff, Sünder von ihrer Selbstgerechtigkeit zu überführen. Der Kampf Jesu gegen die Pharisäer war hauptsächlich ein Kampf gegen Selbstgerechtigkeit. Das wunderbare 15. Kapitel im Lukasevangelium ist zu den selbstgerechten Pharisäern gesprochen. Im ältesten Sohn stellt der Herr den Pharisäern ihr eigenes Bild vor Augen und zeigt ihnen im ganzen Kapitel, daß Gott nur die Menschen retten kann, die sich selbst für verloren halten, die geistlich Armen. Das Leben des Saulus von Tarsus ist ein durchschlagendes Beispiel, daß auch ein sittlicher Mensch, der unsträflich nach dem Gesetz gewandelt hat, so weit kommen muß, daß er alle eigene Gerechtigkeit für Schaden achtet (Phil. 3, 7) und nur noch einen Ruhm hat: Jesum Christum, den Gekreuzigten, durch den ihm Barmherzigkeit widerfahren ist (Gal. 6, 14; 1. Tim. 1, 13. 16). In Kornelius sehen wir in Apostelgeschichte 10 einen Mann, der in musterhafter Treue in der Furcht Gottes wandelte, der aber doch erst durch die Predigt von Jesus Christus zum neuen Leben des Geistes kam.

Der Selbstgerechte schaut in den Spiegel seiner eigenen Gerechtigkeit und bewundert sich. Der arme, demütige Sünder schaut in das Angesicht Jesu Christi und verhüllt sein Angesicht mit Beugung. Einen Selbstgerechten können wir erst dann in die geistliche Armut führen, wenn wir selbst geistlich arm geworden sind und keinen andern Ruhm mehr haben als die freie Gnade im Blute des Lammes.

## Wachstum im Boden der freien Gnade

Erst dann, wenn ein Mensch als armer Sünder im Blute Jesu Christi die Vergebung der Sünden ergriffen hat, ist er eine Pflanze der Gerechtigkeit geworden, die wachsen kann. Er ist gepflanzt in den Boden der freien Gnade, und nur in diesem Boden kann man wachsen, wie der Apostel schreibt in 2. Petrus 3, 18: »Wachset aber in der Gnade und Erkenntnis unseres Herrn und Heilandes Jesu Christi.« Stehen wir nicht durch die Gnade in der Glaubensgemeinschaft mit Christo, so mögen wir uns abmühen vom Morgen bis zum Abend und kommen doch zu keinem Wachstum. Das müssen wir den Leuten beständig klarmachen.

## Wachsende Abhängigkeit vom Herrn

Nun kann man aber eingepflanzt worden sein in den Boden der Gnade, und es kommt dennoch eine Zeit, in der das geistliche Wachstum aufhört. Eine solche Zeit ist nie von Gott herbeigeführt, sie ist immer selbstverschuldet. Überall, wo Gott ungehindert wirken kann, ist Wachstum. Wird dieses unterbrochen, so liegen besondere Ursachen vor. Als erste möchte ich anführen: Mangel an Wachen und Beten. Sobald wir in diesen beiden Stücken lässig sind, wirkt der Feind von außen und von innen auf uns, um uns zu schwächen. Wachstum in der Natur wie im geistlichen Leben setzt immer Kraft voraus. Jede Schädigung unserer Gemeinschaft mit Christo schwächt den Kraftzufluß aus dem Weinstock in die Rebe. Regiert uns der Geist, so wachsen wir; kommt aber das Fleisch obenan, wenn auch nur vorübergehend, ist Wachstum unmöglich.

Wenn wir auf uns selbst aufmerken, so werden wir finden, daß in der Zeit, in der wir lässig waren, der Feind immer an unserem versuchlichsten und schwächsten Punkt einsetzte, um uns innerlich zu schaden. Also gerade in dieser Richtung müssen wir wachen. Das können wir aber nur, wenn das Auge helle bleibt durch das Licht des Wortes Gottes. Dann bleibt uns Sünde Sünde; dann werden wir vor Sicherheit bewahrt und in der Abhängigkeit vom Heiland erhalten. Diese beständige und wachsende Abhängigkeit vom Herrn ist das Geheimnis unseres geistlichen Wachstums; dieselbe wird unterhalten durch Gottes Wort und Gebet. Nicht auf Bergeshöhe, sondern in der Niederung finden wir den üppigsten Pflanzenwuchs. In der Abhängigkeit von Jesu erwächst die rechte Demut, und geistliches Wachstum ist immer ein Abnehmen auf unserer Seite, ein Wachsen in der Demut.

## Wachsen in die Tiefe

Von diesem Wachsen in der Demut versteht der natürliche Mensch nichts. Bei ihm heißt Wachsen ein Zunehmen im Kraftgefühl, ein Zunehmen im eigenen Können. Bei einem Jünger Jesu heißt Wachsen, sich immer völliger auf den Herrn angewiesen fühlen nach der Regel des Paulus: »Wenn ich schwach bin, dann bin ich stark.« Sie stehen erst wenige Jahre im Pfarramt, und da möchte ich Ihnen im Blick auf Ihre eigene Person und Ihre ganze Wirksamkeit mit Nachdruck sagen: *Die Pflanzen, die der himmlische Vater pflanzt, wachsen nicht nur in die Höhe, so daß es gesehen werden kann, sondern sie wachsen vor allem in verborgener Weise in die Tiefe.* Darüber möchte ich Ihnen in meinem nächsten Briefe noch ein Wort sagen.

# 2. Göttliche Erziehung und geistliches Wachstum

## Gott muß uns immer wieder demütigen

In meinem letzten Brief sagte ich Ihnen, daß die Pflanzen, die unser himmlischer Vater pflanzt, nicht nur in die Höhe, sondern vor allem in die Tiefe wachsen. Das Wort des Täufers in Johannes 3, 30 ist von großer Bedeutung: »Er muß wachsen, ich aber muß abnehmen.« Wir können nur wachsen unter fortlaufender göttlicher Erziehung; denn wir sind Sein Werk (Eph. 2, 10).

Das Ziel Gottes mit uns ist unsere Gleichgestaltung mit dem Ebenbilde seines Sohnes (Röm. 8, 29). Dieses Ziel erreicht er nur, wenn wir beständig abnehmen und Christus in uns beständig zunimmt. Zu diesem Zweck muß Gott uns immer wieder aufs neue demütigen, um uns immer heilandsbedürftiger zu machen. Dieses Demütigen ist ein gar mannigfaltiges. Er demütigt uns, wenn wir untreu gewesen sind, ob nun die Untreue eine kleinere oder größere gewesen sei; denn gerade diese Untreuen stören unser Wachstum. Darum ist es so wichtig, daß wir nach jeder Untreue sofort Vergebung und Reinigung suchen.

Gott demütigt uns zuweilen auch zu unserer Bewahrung, damit wir kommenden Versuchungen gewachsen, für größere Aufgaben fähig seien. Josephs Gang in das Gefängnis war ein tiefer Demütigungsgang. Dadurch bereitete ihn Gott zu für den kommenden Ehrenposten und machte ihn fähig, inmitten äußerer Herrlichkeit ein demütiger Mann zu bleiben. Also bedeutete für ihn das Gefängnis ein geistliches Wachstum. Der Pfahl im Fleisch war für den Apostel Paulus eine große Demütigung. Durch denselben lernte er aber demütig zu bleiben trotz der empfangenen hohen Offenbarung. Der 40jährige Hirtenstand des Mose im stillen Midian war für den am ägyptischen Hofe gebildeten Mann ein Demütigungsweg. Aber er war berechnet für geistliches Wachstum, denn er war Vorbereitung für den nachfolgenden hohen Beruf.

## Es geht durchs Sterben nur

Unseren tiefsten inneren Gnadenheimsuchungen gehen immer tiefe Demütigungen voraus, durch die der Herr uns reinigt und als Gefäße für weiteren Gnadenempfang zubereitet. Wenn er durch äußere Erfahrung, durch neue Blicke in sein Wort, durch innere Erleuchtung, durch seinen Geist uns offenbart, wie weit wir noch vom Ziele entfernt sind; wenn uns der große Abstand zwischen uns und ihm fast erdrückend wird, so erscheint es uns, wir seien gar weit entfernt vom geistlichen Wachstum, und der Seufzer kann aus dem Herzen emporsteigen: Ach, Herr, meine Sache ist nichts, ich komme gar nicht vorwärts.

Und doch sind wir gerade in dieser tief gebeugten Verfassung auf dem richtigen Weg zum Wachstum. Wenn Gott uns demütigt, so lernen wir uns ausstrecken nach dem, was vorne ist, und nachjagen dem vorgesteckten Ziel (Phil. 3, 13. 14). So gewiß das Weizenkorn nur Frucht bringt, wenn es erstirbt, so gewiß geht der Weg zum geistlichen Wachstum durch Sterben; daran müssen wir uns gewöhnen.

## Gemeinschaft der Heiligen – Förderung im Wachstum

Ich bin gewiß, daß der Herr Ihre Arbeit segnen wird, wenn Sie ihm in Gemeinschaft mit Ihrer Frau täglich betend dienen. Vergessen Sie nie, daß der Apostel Paulus in Epheser 4, 16 unser Wachstum mit der Gemeinschaft des Leibes Christi verbindet! Wenn der Herr Ihnen Seelen schenkt, die vom Tod zum Leben kommen, so sammeln Sie dieselben zu gemeinsamer Erbauung und Gebet. Alle Kinder Gottes haben erfahren, daß Gemeinschaft der Heiligen eine wesentliche Förderung im geistlichen Wachstum ist. Wiedergeborene Menschen bedürfen anderer Nahrung als Unerweckte, und diese können Sie ihnen bieten in engerem Kreis von Gleichgesinnten. Ist es einem Pfarrer gelungen, eine, wenn auch nur kleine Gebetsgemeinschaft zu sammeln, so beginnt eine neue Zeit für seine Arbeit. Gemeinsames Gebet ist eine der wichtigsten Vorbedingungen für Erweckung in einer Gemeinde.

Nachdem Sie jetzt zwei Jahre in der Gemeinde gearbeitet haben, so dürfte auch die Zeit gekommen sein, einen Evangelisten zu rufen, dessen Arbeit vorherrschend eine erweckliche ist. Ich bezeuge es aufgrund vielfacher Erfahrung, daß die Arbeit manches Pfarrers durch eine vierzehntägige Evangelisation eine viel fruchtbarere geworden ist. Dienet einander, ein jeglicher mit der Gabe, die er empfangen hat! Der Herr segne Ihre Arbeit reichlich!

# 3. Gott will selbständige Christen

## Ursachen unserer Unselbständigkeit

Es ist schön, daß Sie auch wieder etwas von sich hören ließen. Ihre Mitteilungen zeigen mir, daß sich Ihre Lage nicht wesentlich verändert hat seit unserer letzten Begegnung. Es tut mir leid, daß Sie immer noch klagen, Sie kämen nicht vorwärts in Ihrem inneren Leben. Wenn diese Klage anhaltend ist, so ist es mißlich. Soll sie aufhören, so müssen Sie sich vor allem ganz klar darüber werden, wo die Hindernisse für Ihr Vorwärtskommen liegen.

Nach meiner langjährigen Erfahrung ist es ein Fehler, wenn wir die Hemmungen unseres inneren Lebens nur in unserer Umgebung suchen. Diese liegen in den meisten Fällen zunächst in uns selbst. Bleiben wir zu lange in den Kinderschuhen, so daß wir zu keiner Selbständigkeit in Christo kommen, so wirkt unsere Umgebung immer sehr stark auf uns und hält uns auf. Da meinen wir dann leicht, unsere Hauptschwierigkeit liege in der Umgebung. Das ist aber Täuschung; sie liegt in uns, in unserer persönlichen Unselbständigkeit, die wir verschuldet haben.

Die Ursache hiervon kann eine verschiedene sein. Vielleicht ist noch eine geheime Gebundenheit da, die hindert, völlig und fest in der Gnade zu stehen. Wir kommen zu keiner festen Stellung in Christo ohne einen klaren Gnadenstand: Dieser erfordert eine völlige Hingabe an den Herrn. Ist diese geschehen, so ist nichts zwischen uns und Christo, wir sind als Reben in der richtigen Verbindung mit ihm und können wachsen und Frucht bringen. In dieser Stellung werden wir selbständig unserer Umgebung gegenüber. Diese kann uns nicht fortwährend schwächen, wenn wir wachen und in Jesu bleiben.

Die Ursache unserer Unselbständigkeit kann auch im Mangel an Erkenntnis Jesu Christi liegen. Unsere Erkenntnis und unser Glaube gehen Hand in Hand. Die Erkenntnis ist die Nahrung des Glaubens. Mangel an Erkenntnis ist gewiß teilweise unsere eigene Schuld. Wir haben das Wort und sollen forschen im Wort; denn vor allem durch das Wort Gottes gewinnen wir die lebendige

Erkenntnis Jesu Christi. In dem Grad, in dem unsere Erkenntnis wächst, kann unser Glaube wachsen, und nur durch den Glauben bekommen wir die nötige Selbständigkeit in Christo. Wir lernen ihm vertrauen in allen Dingen, und dieses Vertrauen hebt uns empor über unsere Umgebung.

Fassen wir das Gesagte zusammen, so finden wir, daß wir nur dann wachsen können am inwendigen Menschen, wenn wir in der richtigen Glaubensverbindung mit Christo und seinem Wort sind und diese Stellung bewahren durch Wachen und Beten.

Aber auch dann, wenn wir die richtige Stellung in Christo und damit die Selbständigkeit unserer Umgebung gegenüber gewonnen haben, bleiben wir dennoch nach dem Willen des Herrn in einem gewissen Grade abhängig von unserer Umgebung, die uns fördern oder hindern kann im geistlichen Wachstum. Es ist Gottes Wille, daß wir Glieder seien am Leibe Jesu Christi, an dem ein Glied dem anderen Handreichung tut. Das führt uns auf die Einflüsse, die von außen an uns kommen. Es ist auch Gottes Wille, daß wir in der Welt stehen und in derselben ein Licht und ein Salz seien. Die Welt kann uns aber auch beeinflussen und uns schaden, wenn wir nicht wachen.

## Kreise, in denen wir uns bewähren sollen

Sehen wir unsere Umgebung näher an, so finden wir Kreise, in die Gott uns hineingestellt hat. Der jeweilige Zustand dieser Kreise ist für uns von großer Bedeutung, im guten oder im schlimmen Sinn. Der erste Kreis ist unsere Familie. Da haben Sie nun den Vorzug, daß in Ihrer ganzen Familie Gottesfurcht herrscht, von den Eltern her. Das ist ein großer, dankenswerter Segen und macht Ihnen Ihre Stellung leichter als in einer gottlosen Familie. Auf der anderen Seite klagen Sie aber, daß Ihre Geschwister nicht vorwärtskommen wollen, daß ihnen der Kirchenbesuch genüge, keines in eigentlichem Gebetsumgang mit dem Heiland stehe und Sie deshalb Gemeinschaft im biblischen Sinne in der Familie nicht finden. Das ist ein großer Mangel, in dem eine Gefahr für Sie liegt. Man bequemt sich leicht an die Geschwister an und ist in Gefahr, auf ihren Standpunkt herabzusinken. In diesem Punkt müssen Sie beständig wachen, was Sie nur können, wenn Sie die besprochene

Selbständigkeit in Christo haben und bewahren durch Gottes Wort und Gebet.

Der nächste Kreis ist Ihre kirchliche Gemeinschaft. Es ist von großer Wichtigkeit für unser inneres Leben, ob wir in einer lebendigen Gemeinschaft stehen oder nicht. Als Glieder am Leibe Jesu Christi ist Gemeinschaft für uns Lebensbedürfnis. Ihre Gemeinschaft scheint etwas gesetzlich zu sein. Sie klagen, daß evangelische Wärme und die freie Gnade in derselben zu sehr zurücktreten. Das ist ein großer Mangel. Soll eine Gemeinschaft lebendig und fruchtbar sein, so muß Jesus Christus, der Gekreuzigte, in derselben den Mittelpunkt bilden, um den man sich sammelt. Fehlt dieser, so mag viel Gottesfurcht da sein; aber der freudige, evangelische Geist, der allein Frucht schafft, fehlt. Besuchen Sie die Gemeinschaft dennoch und ergänzen Sie das Fehlende dadurch, daß Sie einen kleinen, stillen Kreis in Ihrer Wohnung sammeln, mit dem Sie sich nach Ihrem Bedürfnis in das Wort vertiefen und miteinander beten!

Der dritte große Kreis ist die Kirche. Sie genießen die Wohltat, daß in derselben noch der biblische Christus gepredigt wird. Dafür muß man Gott danken. Sie haben ja auch noch viel kirchlichen Sinn in der Gemeinde. Daneben gibt es aber auch eine stark materialistische Strömung: Man will reich werden und dabei das Leben genießen. Der Abend gehört dem Wirtshaus. Diese Luft in der großen Gemeinde stärkt Sie nicht, darf Sie aber auch nicht aufhalten und schwächen. Sie soll im Gegenteil eine Aufforderung für Sie sein zur Fürbitte und zum Zeugen für Jesum durch Wort und Wandel. Ich bitte Sie herzlich, bewahren Sie eine klare Stellung in Christo, dann werden Sie wachsen und ein Licht und ein Salz sein in der großen Gemeinde!

# 4. Wann haben Sie Zeit zur Stille?

Als ich Ihr Arbeitsprogramm in Ihrem letzten Brief las, wurde ich unwillkürlich an den seligen Ludwig Harms in Hermannsburg erinnert. Es kam seinerzeit ein Engländer zu ihm, dem er von seiner Arbeit erzählte. Darauf fragte ihn der Engländer: »Herr Pastor, wann haben Sie Zeit zur Stille?« Ein Soldat kann nicht immer schießen, er muß das Gewehr erst wieder laden. Wir können nicht immer ausgeben, wir müssen auch wieder einnehmen, sonst wirtschaften wir ab. O, wie heilsam wäre es, wenn immer wieder ein alter Christ erschiene und in unser Getriebe hineinrufen würde: *»Wann hast du Zeit zur Stille?!«*

Ich glaube, daß der Teufel sich ganz besonders darüber freut, daß ein großer Teil der gläubigen Christen und vor allem derer, die am Worte dienen, sich zu wenig Zeit für die so nötige Stille nehmen. Nichts ist verhängnisvoller für unser inneres Leben und für unsere Wirksamkeit als Mangel an Stille für stille Begegnung mit Gott und Vertiefung in sein Wort.

Wieviel Klage hören wir über fruchtlosen Kampf mit der Sünde! Woher kommen diese Klagen? Ach, die Menschen nehmen sich keine Zeit für die Stille, die zum Ablegen des alten Menschen unentbehrlich ist. Wie soll ich von der in mir wohnenden Sünde frei werden, wenn ich keine Zeit habe, gründlich Einschau zu halten in mein eigenes Herz? Wenn ich keine Zeit habe, mein Elend gründlich durchzusprechen mit meinem Gott und mich vor ihm von Herzen zu demütigen? Wie soll ich zu innerer Reinigung kommen, wenn ich mir nicht Zeit nehme, im Heiligtum mit aufgedecktem Angesicht meinem Heiland ins Auge zu schauen (2. Kor. 3, 18)? Wie soll ich gereinigt werden in meiner Gedankenwelt, in meiner Phantasie, von aller Befleckung des Fleisches und des Geistes, wenn ich keine Zeit habe, mich in die Gemeinschaft mit Gott zu versenken und meinen Willen stärken zu lassen im Heiligtum, damit ich zum Sieg über die Sünde komme?

Mit diesen Fragen berühre ich einen der tiefsten Schäden unserer Tage. Die Menschen haben heutzutage für alles mögliche Zeit, für Rennen, Laufen und Reden; nur nicht für die Stille.

Darum haben wir so viele geistliche Krüppel, Pfuscher und Schwätzer. O, mehr Stille, mehr Stille! Mehr Heiligtum und mehr Gotteskraft!

Das wollen wir Diener am Wort uns zweimal sagen, und das möchte ich auch Ihnen in heiligem Ernst zurufen. Warum haben wir oft so wenig Erfolg in der Arbeit? Sind wir nicht Streitern Jesu Christi gleich, die schießen, ehe Gott uns das Gewehr geladen hat? Wie kommt es denn, daß wir ihm nicht Zeit und Gelegenheit geben, uns das Gewehr zu laden?

Ich war im Lauf der Jahre oft entrüstet, wenn ich bei vielen Menschen die Meinung traf, wir Prediger könnten reden ohne Vorbereitung, ohne vorherige Stille. Würden wir diese geistlose Meinung nicht weniger antreffen, wenn die Leute überall den Eindruck bekämen: Am Samstag darf man den Pastor womöglich nicht stören? Es ist bitter, wenn ein Pfarrer immer wieder den Eindruck bekommt, daß viele Gemeindeglieder meinen, er brauche keine Zeit für seine eigene Person, keine Zeit zur Stille. Daß jeder Christ, vorab der Diener am Wort, Stille braucht, müssen wir den Leuten in der Predigt und in der Seelsorge immer wieder zu Gemüt führen.

Es wäre aber ein Unrecht, wenn wir behaupten wollten, daß wir nur deswegen Mangel an Stille hätten, weil andere zu viele Ansprüche an uns machten. Wir tragen selbst die größte Schuld. Es kann uns niemand zwingen, uns so belasten zu lassen, daß wir nicht genügend Zeit für uns selber haben. Das Bedürfnis nach der nötigen Stille muß von unserem Gewissen ausgehen. Wenn wir einen noch so gründlichen Anfang im geistlichen Leben gemacht haben und wir es uns nicht zur stehenden Regel machen: »Zuerst komme ich, mein Gott und sein Wort, und dann erst kommt meine Arbeit«, so werden wir Kinder unserer Zeit. Wir verflachen, kommen innerlich zu keiner Kraft, stellen die Quantität der Arbeit über die Qualität und bringen unmöglich die Frucht, die wir bringen sollten und könnten, wenn wir täglich die nötige Zeit für das stille Heiligtum hätten.

Nichts in der Welt, keine Veranstaltungen, kein Umgang mit Menschen kann uns die stille Einkehr in das eigene Herz und das Versenken in Gott und sein Wort ersetzen. Ich schreibe das nicht als Theorie, sondern aus sehr ernster, demütigender Erfahrung heraus. Unser Geschlecht hat vielleicht in diesem Punkt am meisten gesündigt. Wir stehen immer wieder vor der Frage: Wie konnte der Abfall von Gott die ungeheure Ausdehnung annehmen, während doch so viel gearbeitet wird und so viele christliche Veranstaltungen gemacht werden?

Auf diese Frage gibt es keine andere Antwort als die: Es fehlt weitaus den meisten Arbeitern an Vertiefung, an Ausrüstung mit der Gotteskraft, die allein durchschlagend wirkt gegenüber den Mächten der Finsternis. Wir hätten keine Reformation bekommen, wenn Luther nicht ein Beter gewesen wäre wie kaum einer seiner Zeit.

Mein lieber Freund! Sorgen Sie dafür mit ganzem Ernst, daß bei Ihnen die geistliche Einnahme und die geistliche Ausgabe im rechten Verhältnis zueinander stehen, und lassen Sie Ihre eigene Umgestaltung in Christi Bild das erste Anliegen sein! Dann wird Ihre Arbeit den ersten Gewinn davon haben.

# 5. Nicht Zank, sondern Friede

Gestern abend betrachtete ich mit meiner Familie Johannes 17, 22: »Und ich habe ihnen gegeben die Herrlichkeit, die du mir gegeben hast, daß sie eins seien, gleich wie wir eins sind.« Das Wort Herrlichkeit machte uns tiefen Eindruck. Der Heiland nennt das Einssein der Seinen Herrlicheit, gewiß deswegen, weil dieses Einssein durch den Geist der Herrlichkeit zustande kommt, und weil eine Jüngerschar, die eins ist, durch ihre Liebe leuchtet in der Welt, damit die Welt durch unser Leuchten zum Glauben an Jesum komme (V. 21. 23).

Heute morgen kam Ihr Brief an, in dem Sie seufzen über den gegenwärtigen Zank von innerkirchlichen und außerkirchlichen Kindern Gottes. Ja, lieber Freund! Ich seufze mit Ihnen über dieses Gezänke. Die einen rufen: »Heraus aus der Landeskirche, wenn Ihr wollt Jesu Jünger sein!« Und die andern sagen: »Wir können auch Jesu Jünger sein in der Landeskirche.« Nun fragen Sie mich: Wer hat recht?

Sie wissen, daß ich in der Landeskirche 80 Jahre alt geworden bin. In diesen 80 Jahren habe ich in Afrika, in England, Schottland, der Schweiz und in Deutschland verschiedene Staatskirchen, Freikirchen und Gemeinschaften kennengelernt. Unter allen diesen Kirchen und Gemeinschaften habe ich nicht eine gefunden, bei der nicht viel zu wünschen übriggeblieben wäre. So kam es, daß ich in meinem Leben, durch göttliche Führung, keinen kirchlichen Austritt und keinen kirchlichen Eintritt zu verzeichnen habe. Das kommt wohl auch daher, daß ich seinerzeit bei meinem Heiland gründlich eintrat und von Anfang an den Eindruck bekam, daß wir bei ihm alles finden, was wir zu unserer Vollendung brauchen.

Ich begegnete vielen in meinem langen Leben, die sich längere Zeit mit Kirchenfragen quälten. Nicht wenige dieser Leute machten mir den Eindruck, daß sie in ihrem Leben nie gründlich beim Heiland eingetreten seien. Es fehlte ihnen an einer wahrhaftigen Bekehrung. Darum waren sie unbefriedigt und suchten bei Menschen, was sie allein bei Jesus finden konnten.

Gewiß braucht jedes Kind Gottes auch Gemeinschaft mit andern Kindern Gottes, sie dient wesentlich zu unserer Förderung. Ich preise den Herrn, daß er mich in der bewußten 57jährigen Gemeinschaft mit ihm immer auch Gemeinschaft mit seinen Kindern finden ließ. Die idealste und schönste Gemeinschaft hatte ich in Bern, und ich freue mich heute noch, daß in jenem engeren Kreis kirchliche und freikirchliche Glieder die Knie zusammen beugten, ohne die geringste Schwierigkeit. Unsere Losung war: »Er das Haupt, wir seine Glieder.«

Auch in England hatte ich innige Gemeinschaft mit Kindern Gottes, deren kirchliche Anschauungen sich mit den meinen nicht deckten. Der selige Wilhelm Hoffmann, Hofprediger in Berlin, sagte vor Jahren: »Der Berg Zion ist höher als alle Kirchtürme.« Wir könnten auch sagen: Der Leib Christi ist herrlicher als alle Kirchenabteilungen. Darum ist mir auch das gegenwärtige Zanken der Kinder Gottes von Herzen zuwider, es ist fleischlich. Ich mache nicht mit, weil ich fest überzeugt bin, daß der Heiland auch nicht mitmacht. Er steht himmelhoch über allem Parteigeist.

Wenn wir Menschen und Verhältnisse ohne Parteibrille ansehen, so ist es uns rein unmöglich, reines Geistesleben von der Zugehörigkeit zu einer Staatskirche oder einer Freikirche abhängig zu machen. Brüder, welche Kinder Gottes, die in der Landeskirche stehen, als Christen zweiter Klasse ansehen, haben kein Urteil, das Beachtung verdient. Es kommt nicht darauf an, wo ich stehe, sondern wie ich stehe. Mein persönliches Verhältnis zu Christo gibt den Ausschlag. Ich kann einem Menschen unmöglich gerecht werden, wenn ich ihn nicht danach beurteile, was Christus an ihm getan hat.

Nicht die äußeren Beziehungen, in welchen ein Mensch steht, geben ihm seinen Wert, sondern das Gnadenwerk des Heiligen Geistes in seinem Herzen gibt ihm vor Gott seinen Wert. Man sehe doch eine Familie an! Alle Kinder derselben stehen äußerlich in denselben Verhältnissen, und wie verschieden können die einzelnen Kinder sein! Lassen wir deshalb das Zanken und Richten, und lernen wir einander in Christo ansehen, dann wird Friede werden.

Ich sehe in dem gegenwärtigen Zanken eine List des Feindes. Wer offene Augen hat, der muß erkennen, daß in dem wachsenden frechen Unglauben unserer Tage eine gewaltige Aufforderung für uns Kinder Gottes liegt, uns zusammenzuschließen zu gemeinsamem Kampf gegen unseren gemeinsamen Feind. Die meisten Kinder Gottes sind heute noch in der Landeskirche. Viel mehr als 7000 beugen ihre Knie vor dem lebendigen Gott und bilden ein Priester- und Zeugenvolk. Solange es uns noch möglich ist, zu zeugen von unserem gekreuzigten und auferstandenen Heiland, so wollen wir uns wohl hüten, mit dem flüchtigen Elia in die stille Höhle auf dem Horeb zu fliehen. Wir gehören auf den Kampfplatz des Karmel, und da wollen wir aushalten, so lange uns unser Feldherr und König nicht abkommandiert.

# 6. An einen Unversöhnlichen

Schon lange habe ich Ihren Gang mit tiefer Wehmut verfolgt. Wenn ich vierzehn Jahre zurückblicke, wie ganz anders standen Sie damals! Sie arbeiteten im Weißen Kreuz, hatten Gemeinschaft mit Kindern Gottes, waren gesund und standen im Dienst eines christlichen Hauses. Und heute? Sie sind ferne von Gott, mit Haß erfüllt gegen die Kirche, und keines Ihrer Kinder ist getauft. In beruflicher Beziehung fehlt Ihnen seit Jahren der Segen Gottes; nie haben Sie für längere Zeit eine sichere Stellung, die Ihre Familie ernährt. Einmal um das andere haben Sie Krach und Prozeß mit Ihren Vorgesetzten gehabt, und Ihr Nervensystem scheint ruiniert, und darum scheinen auch Ihre Familienverhältnisse völlig trostlos zu sein. Woher kommt das alles?

Wenn man Sie hört, so heißt es immer: »An meinem ganzen Elend sind die Herren in N. N. schuld, die mich ungerechterweise entlassen haben.« Was Ihre damalige Entlassung betrifft, so muß ich Ihnen ganz offen sagen, daß Ihre Entwicklung in den letzten vierzehn Jahren es mehr als in Frage stellt, ob Sie je die Eigenschaften hatten, die jener Posten erforderte. Ihr Komitee entdeckte damals, daß schwer mit Ihnen auszukommen ist, und Ihre seitherigen Prozesse haben das vollauf bestätigt. Abgesehen davon müssen Sie zugeben, daß Sie seinerzeit das Recht gehabt hatten, Ihre Stellung zu kündigen, und ebenso hatte Ihr Komitee das Recht, Ihnen zu kündigen. Letzteres geschah.

Sie glaubten damals und glauben es heute noch, es sei Ihnen Unrecht geschehen. Statt nun als Christ zu handeln, stille zu sein, das vermeintliche Unrecht mit Geduld zu tragen und wieder eine Stelle zu suchen, waren Sie zornentbrannt, schrieben heftige Briefe und fingen einen Prozeß an, den Sie verloren. Und weil Ihre vermeintlichen Gegner gläubige Christen waren, so schlugen Sie sich fortan zu den Gegnern gläubigen Christentums und kehrten der Kirche entschlossen den Rücken. In diesem Geist verharren Sie nun sein vierzehn Jahren, und Ihr Herz ist heute noch voll Zorn und Groll gegen genannte Herren, die Sie überall schlecht gemacht haben.

Durch dieses Ihr Verhalten haben Sie einen Bann auf sich geladen, und Gottes Segen ist sichtbar von Ihnen gewichen. Ihre langjährige Aufregung und Bitterkeit hat Ihr Nervensystem zerrüttet. Sie haben sich so in den Haß hinein verrannt, daß Ihre Augen völlig verblendet sind, Sie immer alle Schuld bei andern suchen und nie bei sich selbst. Sie sind ein tief unglücklicher Mensch und haben Ihre ganze Familie unglücklich gemacht. Ich habe tiefes Mitleiden mit Ihnen. O, daß Ihre hungernden Kinder Ihnen die Augen öffnen und Sie an Ihre Brust schlagen und erkennen würden: das alles ist meiner Sünden Schuld! Gott läßt seiner nicht spotten: »Was der Mensch sät, das wird er ernten« (Gal. 6, 7. 8).

*Die Quelle all Ihres Jammers und Elendes ist Unversöhnlichkeit.* Jesu Wort bleibt ewig wahr: »So ihr den Menschen ihre Fehler vergebet, so wird euch euer himmlischer Vater eure Fehler auch vergeben. Wo ihr aber den Menschen ihre Fehler nicht vergebet, so wird euch euer Vater eure Fehler auch nicht vergeben« (Matth. 6, 14. 15). Der Geist der Unversöhnlichkeit erfüllt Ihr Herz und hat den Heiligen Geist völlig aus Ihrem Herzen vertrieben. Das wird nicht anders, bis Sie vergeben lernen, gründlich, völlig vergeben lernen. Dann wird der Heiland, der am Kreuz für seine Feinde bat, Ihnen auch vergeben und allen Bann von Ihnen wegnehmen.

O, hören Sie auf seine Stimme! Warum haben Sie im Lauf der Jahre gläubige Christen immer wieder um materielle Hilfe gebeten? Weil tief in Ihrem Herzen unter Schutt verborgen das Bewußtsein lebt: »Diese werden mir helfen.« Warum gerade diese? Weil sie den Helfer in aller Not kennen, Jesus Christus, hochgelobt in Ewigkeit. Zu diesem Helfer müssen Sie den Weg wieder finden, und Sie werden ihn finden, wenn Sie den Fluch der Unversöhnlichkeit aus dem Wege räumen. Dann hat er Gnade, Vergebung und Frieden für Sie. Ihre Nerven können sich wieder erholen, und Gottes Segen kann auf Sie zurückkehren. Tun Sie das nicht, so gehen Sie elendiglich zugrunde. Der Herr erbarme sich über Sie!

# 7. Erdulde das Unrecht!

Es hat mich schon lange kein Brief mehr so tief berührt wie der in der letzten Woche von Ihnen erhaltene, und ich kann aus persönlicher Erfahrung tief mit Ihnen fühlen. Ja, es gehört zum Schwersten, Unrecht leiden und sehen zu müssen, wie dadurch unser ganzer Lebensweg verändert wird. Ich weiß, daß in solchen Zeiten unversehens die Frage in uns aufsteigt: »Wie kann Gott das zulassen?«, und daß man leicht bitter wird gegen Menschen, die – weil sie falsch berichtet sind – uns nicht mehr verstehen und ganz verkehrt beurteilen.

Und doch war einer meiner ersten Gedanken nach dem Lesen Ihres Briefes: »O, wie hat der Herr Jesus Freund N. N. so lieb!« *Ihre jetzige Erfahrung ist Nachfolge Jesu,* und diese bleibt Gnade. Was ist die Überschrift des öffentlichen Lebens unseres Heilandes? Unrecht leiden bis zum Tod am Kreuz! Dabei war er der Heilige, während wir Sünder sind.

Ich möchte Sie in herzlicher Teilnahme bitten, werden Sie nicht bitter gegen N. N., und werden Sie noch viel weniger irre an Ihrem Gott! Wenn Sie jetzt keine Fehler machen, sondern stille werden, vergeben und sich durch die treue Hand Gottes führen lassen, so wird die Zeit kommen, in der das Wort auch an Ihnen sich erfüllen wird: *»Ich weiß, wen du wirst herrlich zieren und über Mond und Sterne führen, den führest du zuerst hinab.«* Der Apostel Petrus schreibt: »Das ist Gnade, so jemand um des Gewissens willen zu Gott das Übel verträgt und leidet das Unrecht« (1. Petr. 2, 19). Trösten Sie sich mit Joseph, er wanderte unschuldig in den Kerker, und direkt aus dem Kerker kam er zu den höchsten Ehren.

Es handelt sich bei Ihnen, gottlob, nicht um Befleckung des guten Namens, und ich bin ganz gewiß, der Herr wird Sie so führen, daß Sie zu seiner Zeit für die jetzigen Proben werden loben und danken können. Je stiller Sie Ihren Weg in der nächsten Zeit gehen, desto besser. Ich bedaure N. N. tief. Er hat seine verkehrten Berichte offenbar in einer Stunde geschrieben, in der er etwas »angeheitert« war. In völlig nüchternem Zustand hätte er es nicht getan; denn er ist nicht böswillig. Würde seine erste Frau noch leben, so stände er anders. Geht es bei ihm so weiter, so wird er immer tiefer fallen. Sein Einfluß wird aufhören, und er wird sich immer mehr vom Herrn entfernen. Sein Verhalten soll uns mahnen und beten lehren und uns daran gewöhnen, daß wir ohne Leiden nicht umgestaltet werden können in das Bild Jesu. Diese Erkenntnis gibt Kraft zum Dulden, Lieben und Hoffen.

# 8. Aversion (Widerwille)

Sie erwarten vielleicht keine Antwort auf Ihren letzten Brief. Es findet sich aber eine Bemerkung in demselben, die mich veranlaßt, Ihnen zu schreiben. Sie sagen, Sie haben eine starke Aversion gegen Herrn N. N. In diesem französischen Wort steckt oft ein bedenkliches Sündennest; deshalb liebt auch der Teufel ein Fremdwort. Wenn wir dasselbe in gut Deutsch übersetzen, so riecht die Sache ein bißchen anders. Darum wollen wir statt Aversion *Widerwille* setzen, denn *Abneigung* ist zu mild.

Es gibt wohl wenige Menschen, die nicht mit diesem Laster zu tun hatten, und so kann leider auch ich aus Erfahrung reden. Einst kam ich in eine Konferenz, in der viele zu Wort kamen. Da stand auch ein erfahrener Bruder auf und bat alle Anwesenden, sie möchten allen Richtgeist und alles Kritisieren beiseite legen; denn diese Feinde rauben den Segen.

Sein Wort traf mich; denn es waren zwei Redner gegenwärtig, gegen die ich eine bewußte Aversion hatte: Der eine war mir zu trocken und der andere zu sentimental. Kaum hatte der betreffende Bruder seine Warnung ausgesprochen, so wurde mir meine Sünde wie mit einem Blitz beleuchtet, und ich mußte mich der Lieblosigkeit und Ungerechtigkeit gegen die zwei Brüder schuldig geben. Denn erstens hätte ich die Brüder nehmen sollen, wie Gott sie gemacht hatte, und zweitens mußte ich mir gestehen, daß ich gegen einen der Brüder durch Ohrenbläserei eingenommen war.

Ja, die böse Ohrenbläserei ist in vielen Fällen die Mutter der Aversion. Man wird eingenommen und mißtrauisch gemacht gegen einen Bruder, steht ihm mit Vorurteil gegenüber und wird im Urteil ungerecht gegen ihn. Das ist Sünde, und diese Sünde wird dadurch vergrößert, daß man in vielen Fällen seinem Widerwillen gegen einen Bruder Luft macht und andere ansteckt. Dadurch ist schon manchem Mann sein Einfluß abgeschnitten worden. Denn von einem Menschen, den ich mit Widerwillen und Abneigung anhöre, werde ich wenig Segen haben. Denken wir gründlich über diese Sünde nach, so werden wir finden, daß sie folgenschwer ist. Sie verstößt gegen die Liebe, die Gerechtigkeit und Wahrheit.

Ich kannte einen Pfarrer, der eine sehr gewinnende Persönlichkeit war und besonders das weibliche Geschlecht sehr anzog. Sein Nachfolger war ein sehr tüchtiger, gründlicher Mann. Aber bald ging ein Geflüster von Ohr zu Ohr: »Der neue Pfarrer genügt uns nicht.« Statt ihn zu nehmen mit den Gaben, die Gott ihm gegeben hatte, bildete sich eine völlige Abneigung gegen ihn aus. Und was war die tiefste Ursache dieser Abneigung? Eine Schar Gemeindeglieder, voran die Fräulein, hielten noch die Rockzipfel des früheren Pastors fest, und diese fleischliche Art, die sie für Frömmigkeit hielten, hinderte sie, dem neuen Seelsorger gerecht zu werden.

Ich bekenne Ihnen, daß ich seit jener Konferenz, an der Gott mir meine »Aversion« wie mit einem Blitz beleuchtete, einen heilsamen Schrecken habe vor dieser Sünde und sie nicht mehr im Herzen aufkommen lasse. Prüfen Sie sich genau wegen Ihrer Aversion gegen Herrn N. N., den ich als einen aufrichtigen, gläubigen Mann kenne! Dann werden Sie finden, daß Sie sich an ihm versündigt haben. Tritt uns an einem Menschen etwas Abstoßendes entgegen, so haben wir ihn zunächst ins Gebet zu nehmen. Dann wird Gott uns klarmachen, ob wir ihm Vorstellungen machen oder ihn in Geduld und Liebe tragen sollen. In Aversion verharren heißt sehr oft: in Sünde verharren.

# 9. Ausharren auf einem schwierigen Posten

Ihren Brief habe ich erhalten und mit herzlicher Teilnahme gelesen. Er läßt mich verstehen, wie schwer Ihre Stellung unter Ihrem neuen Prinzipal ist. Aller Anfang ist schwer. Es gibt auch Anfänge, die nicht nur schwer sind, sondern gefährlich und verhängnisvoll für das ganze Leben werden können.

Ich kannte einen Herrn, der vor einigen Jahren starb, welcher jahrzehntelang unglücklich war. Zuerst hatte er ein eigenes Geschäft und war selbständig. Nach einiger Zeit wurde er zahlungsunfähig und mußte wieder eine Stelle suchen, die er auch bald fand; denn er war ein begabter und auch christlich gesinnter Mann. Ich verfolgte seinen Gang mit Interesse bis zu seinem Tod und mußte wahrnehmen, daß er immer verhältnismäßig kurze Zeit auf seinem Posten blieb. Warum? Er konnte nie vergessen, daß er selbst seinerzeit Prinzipal war. Dabei wußte er, daß er begabt sei, und so wurde es ihm sehr schwer, sich zu »ducken«, Untergebener zu sein. Durch die vielen Stellenwechsel wurde er unzufrieden, reizbar und empfindlich, und ich konnte ihn nur mit Wehmut ansehen. Ich hoffe, er sei zu guter Letzt noch gerettet worden.

Sehe ich Ihre jetzige Stellung an, so merke ich bei Ihnen dieselbe Gefahr, in der genannter Herr vor Jahren stand. Sie waren auch mehrere Jahre selbständig und sind nun wieder Untergebener, dazu scheinen Sie Herrn N. N. in manchen Stükken überlegen zu sein. Nun haben Sie zwar einen Vertrauensposten, stehen aber unter dem peinlichen Eindruck, daß einige »Streber« in Ihrer Umgebung Sie lieber heute als morgen auf die Seite schieben möchten. Diese Situation ist nicht leicht und hat ihre großen Gefahren.

Aber wir müssen festhalten, daß die Treue unseres Gottes für jede Lage unseres Lebens ausreicht. Sie stehen ja jetzt noch im ersten Quartal Ihrer neuen Stellung, und da würde ich absolut nicht daran denken, den Posten zu verlassen. Sie wissen ja, daß öfterer Stellenwechsel schon einem einfachen Dienstboten schadet, wieviel mehr einem Geschäftsmann. Dazu sagen Sie ja selber, Gott habe Sie auf diesen Posten geführt. Ist das der Fall, so wird und muß er durchhelfen. Ihre erste Aufgabe ist jetzt, sich gründlich in Ihr ganzes Arbeitsgebiet einzuleben, um es völlig zu beherrschen. Seien Sie immer rechtzeitig auf Ihrem Posten, und bleiben Sie abends lieber etwas länger, wenn es das Interesse des Geschäfts erfordert. Kurz, stellen Sie sich in allen Dingen so, als wäre es Ihr eigenes Geschäft.

Gewinnen Sie die Überzeugung, daß bei den Maschinen oder in der Fabrikation eine wesentliche Verbesserung angebracht werden könnte, so seien Sie nicht vorschnell, davon zu reden. Warten Sie, bis Sie nach Ihrer Überzeugung reden müssen, und sagen Sie es Ihrem Prinzipal in bescheidener Weise unter vier Augen. Verhalten Sie sich stramm, genau, gewissenhaft und zugleich freundlich und gerecht den Arbeitern gegenüber, und sehen Sie scharf darauf, daß Sie Ihren Kollegen nie in ihr Gebiet eingreifen.

Vor allem aber bitten Sie Gott jeden Morgen um Weisheit und Verstand für alle Ihre Aufgaben, um Demut vor Gott und Menschen, um viel Geduld und Liebe und um Seinen Segen für Ihre ganze Arbeit. Bleiben Sie als Christ solide und sparsam in Ihrem Privatleben. Nach meiner Erfahrung macht das auf jeden weiterblickenden Prinzipal immer einen guten Eindruck. Einem soliden Angestellten wird man immer mehr zutrauen, daß er auf das Interesse des Geschäftes sieht, als einem Vielbraucher. Wenn Sie nach diesen Winken handeln, so wird Ihnen Gottes Segen nicht fehlen. Kommen besondere Schwierigkeiten, so suchen Sie immer wieder Licht, Kraft und Trost in Gottes Wort; dann werden Sie die Erfahrung machen, daß die Gottseligkeit zu allen Dingen nütze ist und die Verheißung dieses und des zukünftigen Lebens hat (1. Tim. 4, 8).

Ich weiß aus eigener Erfahrung, daß es von unberechenbarem Gewinn ist für das ganze Leben, ja für die Ewigkeit, wenn man ausharrt auf schwierigen Posten; da lernen wir am meisten. Manche haben sich dadurch eine Vertrauensstellung erworben, für die sie zeitlebens dankbar waren. Was ich Ihnen sage, entspricht nicht dem Schmetterlingscharakter unserer Zeit, stimmt aber mit Gottes Wort überein und ist die Frucht langjähriger Erfahrung. Kommt je die Zeit, in der Gott Sie auf einem andern Posten haben will, so wird er es Ihnen zeigen. Aber vollziehen Sie keinen Wechsel ohne klaren göttlichen Wink! »Die den Herrn fürchten, unterweist er den besten Weg« (Ps. 25, 12), und wir wollen dabei bleiben: »Wie Gott mich führt, so will ich geh'n, ohn' alles eig'ne Wählen.«

# 10. Standeshochmut

Ich kann Ihnen nicht sagen, welch tiefen Eindruck mir der Inhalt Ihres Briefes gemacht hat. Ich sehe in demselben die treue Hand des guten Hirten, der Sie endlich durch den Jordan hindurchführen und in den Besitz des auch Ihnen verheißenen Erbteils bringen will. Ich wußte schon lange, daß Ihnen der Heilsweg klar sei und der Herr schon viel an Ihnen gearbeitet habe. Aber ebenso klar war es mir, daß der Friede Gottes Ihrem Herzen fehlte. Letzteres merkte ich zuweilen an Ihrer Reizbarkeit und Heftigkeit. Oft, wenn ich Ihr Haus verließ, fragte ich mich, was Sie wohl aufhalte, den entscheidenden Schritt in die Gnade hinein zu tun. Und immer wieder blieb ich stehen vor dem *Hochmut*, was ich Ihnen auch sagte.

Nun hat Ihnen aber der Herr das böse Kind beim völlig richtigen Namen genannt: »Standesbewußtsein als väterliches Erbstück.« O, wie dankbar bin ich, daß Sie endlich zu dieser Erkenntnis gekommen sind! Aber ich muß diesen Ihren Eindruck ergänzen: Ihre Sünde ist nicht nur erbliche Belastung, sie ist ein gut Stück weit Ihre persönliche Schuld.

Ihr lieber Mann hat ja dieselbe soziale Stellung wie Sie, und Sie kennen ihn aus jahrzehntelangem Zusammenleben. Sie werden mir zugeben müssen, daß er den Standeshochmut vollständig überwunden hat. Das fühlen alle, die mit ihm in Berührung kommen, Kinder und Arme nicht ausgenommen. Ich bin fest überzeugt, daß seine Leutseligkeit gegen jedermann Sie im Lauf der Jahre oft beschämt, wohl auch geärgert hat, weil sie Ihrer Art zuwider war. So oft Sie sich an seiner Leutseligkeit, mit welcher der Gentleman harmonisch verbunden ist, geärgert haben, haben Sie bewiesen, daß Ihr Standeshochmut nicht nur Erbstück, sondern auch persönliche Schuld ist. Sie liebten diese Sünde bisher und nährten sie.

Nun aber hat der Herr selber durch seinen Heiligen Geist seinen Finger auf diesen Schaden gelegt, um ihn zu heilen. Ich bitte Sie in herzlicher Liebe, sich jetzt völlig zu beugen unter die Zucht des Herrn. Daß Sie das nicht früher taten, trotz der öfteren Beschämungen durch das Vorbild Ihres Mannes, beweist, daß Sie bis jetzt dem Wirken des Geistes in dieser Richtung widerstrebt haben. Geben Sie das völlig auf und beugen Sie sich gründlich unter das Gnadengericht, das der Herr jetzt an Ihnen ausführt!

Ich habe in meiner Seelsorge sehr oft erfahren, daß viele Menschen hauptsächlich durch *eine* Sünde in ihrer inneren Entwicklung aufgehalten werden. Das ist auch bei Ihnen der Fall. Gehen Sie mit dieser jetzt erkannten Sünde an das Kreuz Jesu Christi und lassen Sie dort das Feuer der Liebe und Gerechtigkeit Gottes diese Eiskruste schmelzen, damit die Gnadensonne Ihr Herz beleuchten und darin die Demut erblühen kann! Dann werden Sie das Wort des Apostels buchstäblich erfahren: *»Den Demütigen gibt Gott Gnade«* (1. Petr. 5, 5), und durch die Gnade den *Frieden,* der höher ist denn alle Vernunft.

Der Herr wartet schon lange auf Sie und hat unaussprechlichen Segen für Sie in Bereitschaft. Werden Sie nicht mutlos, wenn jetzt die Schuppen von Ihren Augen fallen und Sie auch erkennen, daß Sie die Wirksamkeit Ihres lieben Mannes oft beeinträchtigten, weil Sie nicht mit ihm harmonierten in der Demut und in der Liebe. Wie herrlich wird es sein, wenn Ihres Mannes Wahlspruch auch der Ihrige sein wird: »Ich nichts, Jesus alles!« Dazu helfe Ihnen der Herr! Ich bete für Sie, daß der Herr Sie unaussprechlich glücklich mache.

# 11. Über starkes Selbstbewußtsein

Beim Lesen jener Broschüre ist es mir gegangen wie Ihnen: Ich habe mich geschämt für den Schreiber, der sich damit öffentlich gründlich blamierte. Der Weihrauch muß einem stark in den Kopf gestiegen sein, wenn man einen solchen Erguß drucken lassen kann. Wie groß ist die Gefahr bei glänzend begabten Menschen! Sie bleiben nicht leicht in der Demut, am wenigsten dann, wenn sie viele »Verehrerinnen« haben, die sie fortwährend mit dem Weihrauchpfännchen verfolgen.

Man muß Gott danken, wenn man kein so berühmter Stern ist, sondern sich täglich darauf angewiesen fühlt, sein bescheidenes Lämplein beim »Licht der Welt« anzuzünden, von dem wir ganz und gar abhängig sind. Ist man bei großer Begabung stark produktiv, so sind der Gefahren viele. Man meint dann so leicht, man sei etwas und könne etwas, und weil man tatsächlich so viel fertigbringt, so tritt die Abhängigkeit vom Herrn zurück. Dadurch bekommt das Gebet eine sehr bescheidene Stelle. Die viele Produktion läßt überhaupt nicht viel Zeit übrig für Gebet und Schriftbetrachtung.

So glänzt man nach außen bei großer innerer Armut, und weil der Wagen immer läuft, so weiß man nicht, wie arm man ist, bis durch Gottes Treue ein Gnadenblitz ins Herz hineinleuchtet, und man erschrickt über sich selbst. Hält der Schrecken an, und führt er zur gründlichen Einkehr und Beugung, so ist es gut. Hält er nicht an, so macht man weiter, bis durch Gottes Erbarmen ein Zusammenbruch erfolgt und man vor einer Feuersbrunst steht, in der »Holz, Heu und Stoppeln« verbrennen. Wenn dann nur der »Grund« bleibt und man noch durch das Feuer gerettet wird (1. Kor. 3, 11–15)!

Gott erbarme sich unser und führe uns immer tiefer in die geistliche Armut hinein! Ohne diese taugt all unser Wirken nichts. Möge alle eigene Ehre verbrennen, damit der Herr an uns und durch uns verherrlicht werde! Unsere eigene Rettung muß Nr. 1 und der Dienst an andern Nr. 2 bleiben. Wir wollen uns Zeit nehmen selig zu werden; denn gerettet werden ist kein Kinderspiel.

Mögen zwei Worte des Apostels Paulus immer mehr unser Wahlspruch werden: »Es sei aber ferne von mir, mich zu rühmen, denn allein von dem Kreuz unsers Herrn Jesu Christi, durch welchen mir die Welt gekreuzigt ist und ich der Welt« (Gal. 6, 14); und das andere: »Ich lebe aber; doch nun nicht ich, sondern Christus lebt in mir« (Gal. 2, 20).

# 12. Weihrauch geben und Weihrauch nehmen

## Keine Rettung ohne geistliche Armut

Aller Luxus ist schlimm. Zur verwerflichsten Art von Luxus gehört es, wenn wir einander schmeicheln, einander beräuchern. Für Selbstberäucherung sorgt der alte Mensch bei jeder Person reichlich, er bedarf keiner Unterstützung von anderer Seite. Hochmut, Selbsterhebung ist eine Ureigenschaft des gefallenen Menschen, und es ist eine große Demütigung für uns alle, wenn wir erfahren müssen, wie schwer diese böse Wurzel aus dem Menschenherzen auszurotten ist. Ich teile mit Ihnen die Überzeugung, daß einzelne Exemplare moderner Menschen unserer Tage uns die Gefahr der Menschenvergötterung erschütternd vor Augen stellen. Wehe uns, wenn wir im Umgang, in der Predigt oder in der Literatur auf Menschengunst spekulieren! Und wehe uns zweimal, wenn wir auf die Gunst der *Masse* spekulieren! Wer das beginnt, betritt eine schiefe Ebene und kann nur durch besonderes göttliches Eingreifen vor dem Abgrund bewahrt werden.

Es gibt gewisse »feine Gesellschaftskreise«, in welchen die gegenseitige Beräucherung zum »feinen Ton« gehört. In diesen Kreisen zählt man den feinen und groben Ehebruch zum Vergnügen. Man sagt einander so viel Angenehmes, bis alle sittlichen Schranken gefallen sind. Solche Gesellschaften sind für Verheiratete und Unverheiratete Brutstätten des Verderbens. Wer seine Familie retten will, der meide solche Kreise.

Trägt man die Seuche nach Weihrauch in sogenannte christliche Kreise, in die Reichgottesarbeit hinein, so ist sie ein besonderer Greuel. Man wird von einem Grauen erfaßt, wenn man eine photographierte Gruppe von »Gebern« erblickt, in der Menschen sind, die als Christen paradieren und doch zu keinem Frieden mit Gott kommen, weil auch ihre »Liebesgaben« von Ehrsucht befleckt sind. Für solche Menschen ist das Wort Jesu in Johannes 5, 44 ein furchtbarer Spiegel: »*Wie könnet ihr glauben, die ihr Ehre voneinander nehmet? Und die Ehre, die von Gott allein ist, suchet ihr nicht.«* Man erscheint als gläubig, wird aber am eigentlichen Heilsglauben gehindert durch Ehrsucht.

Zu den bedauernswürdigsten gehören die Menschen, die durch höhere soziale Stellung ihre ganze Umgebung im Laufe der Jahre daran gewöhnt haben, daß ihnen niemand etwas Unangenehmes sagt, sondern man sie täglich mit Weihrauch umgibt. In solcher Luft ist es fast unmöglich, geistlich arm zu werden; und doch gibt es keine Rettung ohne geistliche Armut. Alle gegenseitige Beräucherung ist Lüge und verschließt dem Heiligen Geist die Tür, weil er der Geist der Wahrheit ist.

## Stehe ich lauter im Dienst der Wahrheit?

Menschlicher Weihrauch ist nie reine Liebe. Die Liebe kann nur da wohnen, wo die Wahrheit wohnt, sie ist ein Feind aller Schmeichelei. Darum ist es so sehr wichtig, daß unsere Kinder von früh an an die Wahrheit gewöhnt und vor Weihrauch bewahrt werden. Nicht nur das ungesunde Klima an der Goldküste in Afrika machte uns die Erziehung unserer europäischen Kinder so schwer, sondern das Verhältnis der Neger zu unseren Kindern. So ein zweijähriges weißes Kind gilt beim Neger schon als »gnädiger Herr« oder »gnädiges Fräulein«. Das lassen sich Kinder gerne gefallen und meinen gar leicht, sie wären etwas Besonderes. Kinder und Erwachsene, die viel von Weihrauch umgeben sind, werden tief geschädigt. Weihrauch macht empfindlich und ehrgeizig und erschwert es dem Menschen, sich unter die Wahrheit zu beugen.

Es wäre gewiß sehr lehrreich, wenn man den inneren Werdegang einzelner moderner Menschen verfolgen und sehen könnte, um welchen Preis sie ihre Popularität bei der Masse erworben haben. Aus gewissen persönlichen Äußerungen kann man mit Sicherheit auf ihre Entwicklung schließen. Redner, die stark auf das Gefühl wirken, bekommen immer Anhang, besonders bei Frauen. Ist jemand empfänglich für Anhang, so wird er bald herausfinden, was seine Verehrer besonders anzieht.

Man erhebe und verherrliche den Menschen, so hat man eine Seite berührt, die dem natürlichen Menschen angenehm klingt.

Die Musik wird immer süßer werden, je mehr ein solcher Volksredner alles ausscheidet aus seinem Vortrag, was seine Hörer unangenehm berühren kann. So verschwinden aus seiner Rede allmählich die Begriffe von Sünde, Schuld, Strafe und Gericht völlig, und er macht die für ihn angenehme Entdeckung, daß, je mehr er sich nach den Instinkten seiner Zuhörer richtet, desto fruchtbarer (?) wird seine Arbeit, d. h. desto mehr wächst sein Anhang, desto mehr beräuchert man ihn. So kommt ein Redner allmählich an bei der Kultur des reinen Menschentums, und wenn er es versteht, seine Reden immer wieder zu zieren mit christlichen Pfauenfedern, so jubelt der urteilslose Haufe: Dieser Mann hat eine religiöse Bewegung zustande gebracht. Ein Mensch, der Gott fürchtet, zittert vor solcher Weihrauchsarbeit.

Solche Weihrauchsarbeit kann man tun als Prediger, als Schriftsteller und als Parlamentarier. Wieviel Literatur haben wir, die einfach spekuliert auf den Instinkt des natürlichen Menschen von der feineren bis zur gemeinsten Sorte! Wer das am besten versteht, wird ein gefeierter Mann und darf um Weihrauch nicht besorgt sein. Virtuosen in dieser Kunst haben noch den Gewinn, daß sich ihre Arbeit materiell rentiert. Gibt es doch Millionäre, die ihr Vermögen durch Schundliteratur erworben haben. O, wie entsetzlich, wenn eines Menschen Lebensaufgabe darin besteht, sich selbst und andere zu betrügen, und das muß von jedem gesagt werden, der nach Weihrauch hascht.

Was ist manche Wahlrede? Ein Buhlen um Volksgunst, und dabei trieft man von »Volkswohl«. Es wird ein schreckliches Gericht über alle ergehen, die die öffentliche Meinung vergiftet und ihre eigene Ehre gesucht haben auf Kosten der Ehre Gottes. Wir wollen ins Heiligtum gehen und uns ernstlich fragen: Stehe ich lauterlich im Dienste der Wahrheit zur Verherrlichung Gottes oder klebt mir noch der Dienst der Eitelkeit an?

# 13. Über das Nachäffen

## Nichts anderes als der Schrenk unter göttlicher Leitung

Als ich vor acht Tagen Ihren Vortrag über Römer 6, 11 anhörte, wurde es mir etwas bange: Sie kamen mir vor wie eine Kopie (Abdruck) von N. N. Nicht nur der Inhalt Ihrer Rede, sondern auch der Ton Ihres Vortrags war verwandt mit dem seinigen.

Es war mir seit Jahren ein ernstes Anliegen, mich fernzuhalten von Sonderbarkeiten in meiner Erscheinung, in meiner Wortverkündigung, in meinem Vortrag. Ich floh den Kanzelton immer als ein Gespenst, und mein innerstes Wesen sträubte sich immer gegen Sonderlehren. Stand ich oft unter dem Einfluß markierter Persönlichkeiten, so bekam ich bald den Eindruck, ich würde ein Zerrbild, wenn ich sie nachmachen wollte; ich dürfe nichts anderes sein als der Schrenk unter göttlicher Leitung und göttlichem Einfluß.

Dabei war ich immer dankbar für brüderliche Handreichung, unter der Bedingung, daß kein Bruder mir seinen Stempel aufdrücken dürfe. Sobald man mich abstempeln wollte, hatte ich den Eindruck, ich würde unwahr, weil ich nicht mehr das sei, wozu mich Gott gemacht hat. Denn der Mensch ist nur dann wahr, wenn er die Eigenart behält, die ihm Gott gegeben hat. Jeder Mensch ist ein Original und soll es bleiben. Selbstverständlich soll unsere Eigenart, unser ganzes Wesen geheiligt werden; denn nur dann können wir unseren Beruf als Glieder am Leibe Jesu Christi erfüllen. Unsere Art darf in keiner Weise Unart sein und noch viel weniger bleiben; denn unser Urbild, in das wir umgestaltet werden sollen, ist Jesus Christus (Röm. 8, 29).

## Keine Anhänger sammeln!

Wie ich aber die beständige Überzeugung hatte, ich dürfe mich von niemand abstempeln lassen, so war ich mir auch darüber ganz klar, ich dürfe niemand abstempeln, niemand meine Eigenart aufdrängen, keine Anhänger sammeln. Ich hatte keine andere Aufgabe, als die, Wegweiser zu Christo zu sein. Magnet zu werden, der die Leute an sich zieht, erschien mir immer als Verbrechen an Christo, dem alleinigen Eigentumsherrn und Haupt der Menschen, der seine Ehre keinem andern geben will.

Die Brüder haben mich immer am meisten angezogen, die es am besten verstanden, den Menschen den biblischen Christus in seiner Herrlichkeit vor die Augen zu malen, und besonders ihn, den Gekreuzigten. Das selber immer besser zu lernen, ist meines Herzens Sehnen. Nicht *unsere* Jünger sollen unsere Zuhörer werden, sondern Jünger Jesu, des alleinigen Meisters. Diesen Zweck werden wir nur dann erreichen, wenn er der Inhalt unseres Zeugnisses ist, und wenn er, der Sanftmütige und von Herzen Demütige, immer mehr in uns Gestalt gewinnt.

## Charaktere, die in Christus Jesus sind

Es hat mir in den letzten 25 Jahren oft Herzweh gemacht, wenn ich sehen mußte, wie viele abgestempelte Christen wir bekommen, die sich die Art irgendeines andern aufprägen lassen. Erst in den letzten Wochen hörte ich von einem, der sich von dem amerikanischen Schwindler Dowie stempeln ließ, und als dieser starb, kam er in eine neue Schwärmerei hinein. So geht es weiter unter einem schwachen, charakterlosen Geschlecht, dem Selbständigkeit in Christo fehlt.

An solchen Menschen treten mir hauptsächlich zwei Charakterzüge entgegen: bei vielen Ernsten ein gesetzlicher Zug, der leicht verständlich ist: Es kostet sie Mühe, die Art festzuhalten, die ihnen aufgeprägt wurde, mit der sich die freie Gnade, wie sie aus Christo fließt, schwer verbindet, weil die Naturwüchsigkeit fehlt. Weniger Ernste haben die Neigung, immer wieder auf Neues hereinzufallen. Das von Menschen Angenommene genügt nicht, und so sucht man Neues, das vielleicht noch etwas pikanter ist als die bisherige Art. Für welche Verirrungen sind solche Menschen offen! Sie hängen an Menschen, statt an Christo allein, und so fehlt ihnen die Gabe der Geisterprüfung.

Ich rate Ihnen, sich gründlich und selbständig in das Neue Testament einzuleben und den Umgang mit dem Heiland zu pflegen. Machen Sie vollen Ernst mit der herrlichen Wahrheit, daß wir Reben am Weinstock sind! Geben Sie es völlig auf, sich an irgendeinen Menschen zu hängen! Lernen Sie es immer mehr, sich in die Schrift in ihrem Zusammenhang einzuleben, dann werden Sie völlig kuriert werden von Sonderlehren und jenen heilsamen Sinn bekommen, der es bald merkt, wenn etwas vom Zentrum abführt.

Ohne diesen Sinn kommen wir nicht weiter in unseren Tagen. Alle Parteien organisieren, und je mehr die eine und die andere Organisation abweicht von der gesunden Lehre, desto gefährlicher wird sie. Wir brauchen Charaktere, die in Christo Jesu sind und unbeweglich bleiben inmitten des Wellenschlages unserer Zeit.

# III.

# Licht und Trost in schweren Lebensführungen

# 1. Nicht irre werden an Gottes Führungen!

Ihr Brief hat mir etwas Sorge gemacht. Sie haben so viele Fragezeichen über göttliche Führung, daß ich eine gewisse Gefahr darin sehe. Nehmen Sie es mir nicht übel, wenn ich das Kind beim Namen nenne: Ich vermisse in Ihrem Brief die nötige Einfalt und Demut. Was mich in demselben beruhigt, ist der Schlußsatz: Dennoch glaube ich an Gottes Weltregiment.

Auch ich glaube mit innerster Überzeugung an Gottes Weltregiment. Ich tue das nicht blindlings, sondern aufgrund der Geschichte und meiner persönlichen Erfahrung, vor allem aber aufgrund von Gottes Wort. Die Rätsel, die in kleinen und großen Geschehnissen immer wieder vor mir stehen, machen mich nicht irre an diesem Glauben. So gewiß Gott unendlich und allweise ist und wir beschränkte Menschen sind, so gewiß können wir Gottes Tun nicht immer verstehen, wenigstens nicht immer sofort. Es geht uns manchmal wie Asaph in Psalm 73, 16. 17: »Ich dachte ihm nach, daß ich's begreifen möchte; aber es war mir zu schwer, bis daß ich ging in das Heiligtum Gottes und merkte auf ihr Ende.«

Ich glaube, es fehlt bei sehr vielen, die irre werden an Gottes Führungen, am Gang ins Heiligtum. Sie schauen die Sachen nur äußerlich an, beurteilen sie mit ihrem armseligen Verstand, mit der Brille ihrer Selbstsucht und sehen Gottes Hand nicht. Wenn wir aber vor Gottes Angesicht treten, uns vor ihm beugen und demütig um Licht bitten, so wird uns oft in einem Augenblick durch das Licht seines Wortes vieles klar, was vorher dunkel und rätselhaft erschien.

Ich habe in meiner Seelsorge unzählige Male erfahren, daß Menschen, die in Gefahr waren, an Gott irrezuwerden, ihn sofort verstanden, wenn sie sich demütigten und ihre eigene Schuld erkannten. Ach, wie leicht ist der Mensch versucht, über Gott zu murren, wenn er über sich selbst murren sollte! Wie mancher Vater und wie manche Mutter konnten Gott nicht verstehen, wenn sie an einem Kinde bittere Erfahrungen machen mußten! Aber nach einiger Zeit sahen sie in der Sünde des Kindes die

Sünde ihres eigenen Herzens oder die Fehler und Verkehrtheiten, die sie sich in der Erziehung des Kindes zuschulden kommen ließen. Sie fragten dann nicht mehr: »Herr, warum?«, sondern schämten sich und baten um Vergebung.

Es liegt in Gottes heiliger Erziehungsweise, uns innerlich vorwärtszubringen in der Selbsterkenntnis und in seiner Erkenntnis durch allerlei Zucht, in die er uns nimmt, und das ist nicht Härte, sondern Liebe und Gnade. Er ist kein Erzieher, der Flickwerk macht, er erzieht gründlich und muß uns deshalb unter Umständen wehe tun. Wir machen es ja auch so mit unseren Kindern.

In manchen Fällen traf ich Menschen, die mit großer Traurigkeit von ihrer schweren Führung redeten. Nachdem ich sie wiederholt gesprochen und Einblick in ihr Leben genommen hatte, mußte ich ihnen sagen, daß die Ursache ihrer schweren Gegenwart in der Vergangenheit liege, vielleicht in verkehrter Heirat oder in einer Jugendsünde. Wir bekommen oft volles Licht über die Gegenwart, wenn wir unser Leben im Zusammenhang überschauen. Da merken wir, wie die Ursache gegenwärtiger Not oft jahrelang zurückliegt, und es fällt wie Schuppen von unseren Augen. Deckt uns Gott auf diese Weise eigene Schuld auf, so müssen wir zum Kreuz Jesu fliehen. Dort wird das arme Herz still, die Fragezeichen hören auf, und man lernt in Demut danken.

Aber auch in den Fällen, in welchen uns Gott auf die Frage »Warum?« sein »Darum!« nicht hören läßt, müssen wir stille werden. Das können wir aber nur, wenn wir durch Gebet und Gottes Wort die Zuversicht gewinnen, daß der Herr am besten weiß, wie Er uns führen muß, und daß alles, was Er uns schickt, uns heilsam sein muß. In Johannes 13, 7 sagt der Herr zu Petrus: »Was ich tue, das weißt du jetzt nicht; du wirst es aber hernach erfahren.« Es ist immer eine herrliche Erbauung, wenn man zu den Füßen eines alten Christen sitzen und aus seinem Munde hören darf, wie er hernach verstehen lernte, was ihm früher dunkel war. Da bekommt man Einblick in Gottes Wunderwege.

Manchmal hängen unsere schweren Führungen zusammen mit den allgemeinen Verhältnissen. Als ich vor vier Jahren vier und einen halben Monat in Rußland arbeitete, hatte unmittelbar vorher die Revolution gewütet, in der Morden, Sengen und Brennen an der Tagesordnung war. Ich traf eine Menge Menschen in Jammer und Elend, und es ergriff mich tief, wenn ich täglich die Frage hörte: Wie kann Gott solche Greuel zulassen?

Ach, wenn man hörte, wie in den Schulen die Gottlosigkeit herrschte, das Volk ohne das Licht des Evangeliums war, soziale Schäden gen Himmel schrien, unter den Beamten Diebstahl an der Tagesordnung war, dann kannte man die Quelle des Jammers, unter dem auch solche leiden mußten, die keine Verschuldung hatten. Da lernte ich Gott von Herzen danken für unsere deutschen Verhältnisse. O, daß Gott unser deutsches Volk noch mehr regieren und segnen könnte! Dann wäre auch bei uns manches »Warum?« nicht, und der Gang des einzelnen an der Vaterhand Gottes wäre mehr Licht.

# 2. »Gott, dein Weg ist heilig!«

## Gott vergibt dem bußfertigen Sünder

Ihre Nachrichten über die Familie N. sind ergreifend. Solche Verhältnisse lernt man nur verstehen, wenn man ins Heiligtum geht. Menschliche Gutmütigkeit und Mitgefühl darf uns den Blick nicht trüben, sonst könnten wir irre werden an Gott und seinen Wegen. Es bleibt dabei, was der Psalmist in Psalm 77, 14 sagt: »Gott, dein Weg ist heilig.«

In der ganzen Heiligen Schrift tritt uns die Heiligkeit Gottes entgegen. Im Vaterunser lautet die erste Bitte: »Geheiligt werde dein Name!« Schon Israel sollte ein heiliges Volk sein (2. Mose 19, 6; 3. Mose 11, 44. 45). Im Alten wie im Neuen Testament werden die Gläubigen Heilige genannt, sie sollen heilig sein in allem ihrem Wandel (1. Petr. 1, 15). Unser Leben soll eine Heiligung des Namens Gottes sein, das steht allen Gläubigen im Herzen geschrieben durch den Heiligen Geist. Der Satan sieht es besonders darauf ab, daß Kinder Gottes den Namen Gottes entheiligen. Nichts schadet der Sache Gottes mehr als die Sünden der Gläubigen. Als der Satan den Heiland versuchte in der Wüste, hatte er nichts anderes im Sinne als die Entheiligung des Namens Gottes; aber er wurde zuschanden. Der Versucher kennt unsere schwachen Punkte genau, und da setzt er ein mit seiner List und Macht, und es ist ein Wunder der bewahrenden Gnadenmacht Gottes (1. Petr. 1, 5), daß nicht mehr auffallende Sündenfälle unter den Gläubigen vorkommen.

Wenn ich Dinge höre wie die, welche Sie mir mitteilen, so ergreift mich ein geheimes Zittern, und ich seufze zum Herrn, er möge mich bewahren. Wenn Sie die Familiengeschichte der letzten zehn Jahre von N. überschauen, so müssen Sie zugeben, daß die verschiedenen Nöte zurückweisen auf den Fall des Vaters. Sein Ehebruch war ein schweres Ärgernis, wodurch Schande auf Gottes Volk und auf den Namen des Herrn kam; denn wer hätte das von ihm erwartet? Wir können gewiß sein, wenn wir den Namen Gottes entheiligen, dann heiligt ihn Gott an uns, zuerst durch Gericht, und wenn wir sein Gericht verstehen, durch Gnade. Das letztere war bei ihm der Fall. Er stand einige Jahre unter furchtbarem inneren Gericht, so daß er körperlich zusammenbrach. Ich konnte ihn damals nur mit Erbarmen ansehen. Aber es war nachher auch ergreifend zu sehen, welche Gewißheit der vergebenden Gnade Gott ihm schenkte und mit welcher Demut er wieder von seinem gekreuzigten Heiland reden konnte. Das hat ihm ja auch die Achtung in den gläubigen Kreisen wieder erworben.

## Aber er hebt nicht alle Folgen der Sünde auf

Nun sagen Sie mir in Ihrem Brief: »Ich kann es nicht verstehen, daß Gott einem Mann, dem er seine Sünde offenbar vergeben hat und der so demütig vor ihm wandelt, so schwer führen und ihn soviel Herzeleid an seinen Kindern erleben lassen kann.«

Auf diese Frage bekommen Sie eine Antwort, wenn Sie das Leben Davids lesen in 2. Samuel 11–18. David ging nach seinem Fall durch tiefe Buße, und Nathan hat ihm auch im Namen Jehovas die Vergebung seiner Sünden ausdrücklich angekündigt. Allein trotz der Vergebung war die Geschichte des Hauses Davids von dort an eine sehr traurige. Sein Fall hatte Folgen: Das im Ehebruch gezeugte Kind starb. Amnon, der Sohn Davids, entehrte seine Schwester; darum tötete Absalom seinen Bruder Amnon. Absalom selbst empörte sich gegen seinen Vater und wollte ihn vom Thron stoßen und verlor dadurch sein Leben. Also trotz der Vergebung erfüllte sich die göttliche Drohung an David: »Ich will Unglück über dich erwecken aus deinem eigenen Hause« (2. Sam. 12, 11).

Wir können in einem solchen Fall die Vergebung der Sünden nur dann mit den Folgen der Sünde vereinigen, wenn wir festhalten: *»Gott, dein Weg ist heilig.«* Hat Gott einem Menschen vergeben, so wird er gerettet. Das schließt aber nicht aus, daß er den betreffenden Menschen unter Zucht stellt. Diese Zucht hat verschiedenen Zweck: 1. Gerade an seinen Kindern muß Gott seinen Namen heiligen, wenn sie ihn entheiligt haben. 2. Durch die göttliche Zucht werden wir gedemütigt und bewahrt; sie ist eine heilsame, erziehende Zucht. 3. Wie bei David, so kann auch in andern Fällen durch direktes Ärgernis des Vaters den Kindern gegenüber seine Sünde ansteckend wirken. Das ist die einschneidendste und demütigendste Zucht, die es für einen Vater gibt, aber auch ein Warnungsexempel für alle, die solche Folgen der Sünde sehen. 4. Nichts schädigt die Achtung vor einem Vater, seine Autorität in der Familie so sehr wie ein Sündenfall. Daß dieser Schaden auch dann noch hervortritt, wie bei Absalom, wenn der Vater Vergebung empfangen hat, ist nicht zu verwundern.

Sehen wir solche Folgen der Sünde in der Furcht Gottes an, so sind sie durchaus nicht im Widerspruch mit der vergebenden Gnade Gottes, sondern eine göttliche Aufforderung zum Wachen und Beten, damit wir ja nicht aus der Gnade fallen, sondern uns fürchten vor der Sünde. Wir sollen nie vergesen, daß Gott nicht nur gnädig, sondern auch heilig ist und die Sünde heimsucht. Das ist besonders in unserer Zeit nötig, in der die Furcht Gottes so sehr abgenommen hat, weshalb die sittliche Laxheit so erschreckend zutage tritt.

## 3. An einen Kranken mit unheilbarem Leiden

Ihre liebe Frau hat mich gebeten, Ihnen ein Trostwort zu schreiben, was ich gerne tue. Sie sagte mir, es werde Ihnen sehr schwer, so völlig ausgespannt zu sein und stille zu werden ohne Aussicht, die Arbeit wieder aufnehmen zu können. Ich kann das sehr wohl begreifen. Wenn ich mir Ihre ausgedehnte, jahrelange Arbeit vorstelle und auf den Erfolg blicke, den Gott Ihnen gegeben hat, und mir dann vergegenwärtige, wie Sie unversehens still gestellt wurden, ohne Aussicht, Ihre Tätigkeit je wieder beginnen zu können, so ist das eine Lage, in der man viel Gnade braucht, bis das Herz völlig stille wird.

Sie kennen ja den Herrn schon lange und haben ihn auch bekannt; aber ich bin gewiß, daß Sie im Lauf der Jahre oft in der Stille geseufzt haben unter dem Eindruck, wie schwer es sei, inmitten eines so großen Betriebes innerlich in der rechten Verfassung zu bleiben und nie aus dem Auge zu verlieren, daß das Reich Gottes und seine Gerechtigkeit unsere Hauptsache bleiben muß. Wie oft werden Sie sich in solchen Stunden nach mehr Stille gesehnt haben! Solches Sehnen, wenn es sich auch nur in Seufzern Luft macht, steigt hinauf zum Gnadenthron, und der Gott und Vater, der unsere tiefsten Bedürfnisse kennt und unser ewiges Ziel beständig im Auge hat, läßt dann in seiner Liebe und Treue die Zeit kommen, in der er des Herzens tiefstes Sehnen stillt und uns in die Stille führt. Wir hätten vielleicht Arbeit und Stille zugleich gewünscht; aber der Herr weiß am besten, was uns heilsam ist. Wenn es ihm gefällt, uns völlig auszuspannen, so will uns seine Liebe Gelegenheit geben zu gründlichem Rückblick, zu stillem Einblick und zum seligen Ausblick.

Wie nötig ist gründlicher Rückblick! Gerade die Menschen, die in ihrem Beruf viel geleistet haben, werden bekennen müssen: Wie viele Versäumnisse im Gebet, im Umgang mit Gott und Seinem Wort liegen hinter uns! Wie oft fehlte es meinem inwendigen Menschen an der nötigen Kraft und Frische zu gesegnetem

Wandel und zum Dienst des Herrn! Und welche Gnade ist es, wenn Gott einem bisher so vielgeschäftigen Menschen Zeit und Stille gibt, mit allen Versäumnissen, Fehlern und Mißgriffen vor sein Angesicht zu kommen und Vergebung und Reinigung zu suchen im Blute Jesu! Da gibt es dann einen Abschluß mit der Vergangenheit, der viel mehr Bedeutung hat als der günstige Geschäftsabschluß am Ende eines Jahres.

Und wie der gründliche Rückblick für uns so nötig und wichtig ist, so ist auch der gründliche, stille Einblick in das eigene Herz dringend nötig. Wenn man Tag für Tag, jahraus, jahrein vom Geschäft ganz in Anspruch genommen und gejagt wird, so ist es nicht so leicht, gründlich zu sich selber zu kommen und Einschau zu halten. Welche Gnade ist es, wenn der Herr einen vielgeplagten Menschen ausspannt und dieser, ohne Störung von außen, Jesu Verheißung erfahren darf: *»Ich bin bei euch alle Tage!«* Wenn er in der Gegenwart des Herrn in das eigene Herz blickt und sieht, an wie vielen Dingen er klebte und wie es bei aller vermeintlichen Frömmigkeit doch nicht Wirklichkeit war: »Für dich sei ganz mein Herz und Leben, Erlöser, du, mein einzig Gut!«

Dann fallen die Schuppen von den Augen, und man versteht auf einmal, warum Gott einen in die Ecke gestellt hat. Es ist demütigend, wenn Gott einem die innere Armut recht aufdeckt; aber es ist köstlich, wenn man dann mit seiner Armut zur Fülle der Gnade und des Lebens in Christo Jesu kommen, schöpfen und sich erneuern lassen darf. Da wird dann das Krankenzimmer zum Vorgeschmack des Himmels, und der unheilbare Patient vergißt das »unheilbar« ganz, über der heilsamen, erziehenden Gnade Gottes. Solcher Segensstunden in der Gnadengegenwart Jesu wünsche ich Ihnen viele.

Je mehr wir es lernen, in der Gnadengegenwart Jesu zu leben, desto mehr erwacht die Hoffnung der Herrlichkeit im Herzen, und wir gelangen ganz zu dem seligen Ausblick auf unser ewiges Erbe. Dadurch werden wir emporgehoben über das Leiden der Gegenwart. Durch Ihre Krankheit entstand eine große Lücke in Ihrem Geschäft, und das mußte Ihnen manche Sorge bringen. Dem Herrn sei Dank! Sie dürfen auch diese Sorgen auf ihn werfen, und er hat ja bisher gnädig durchgeholfen. Er wird weiter helfen, bis Ihr ältester Sohn in die Lücke treten kann. Lassen Sie sich täglich bewahren vor dem Sorgengeist und bitten Sie um einen freudigen

Geist, der sich immer wieder stärken läßt in der Gemeinschaft mit Jesu!

Sie haben mir früher einige Male gesagt, Sie würden gerne mehr tun für das Reich Gottes, wenn Sie Zeit hätten. Vielleicht wundern Sie sich, wenn ich Ihnen sage, daß jetzt für Sie die Zeit für Reichgottesarbeit gekommen ist. Sie werden mir antworten: Ich bin ein kranker Mann. Ich erinnere Sie an das Krankenlager des bekannten Adolf Monod. Wie vielen sind seine Zeugnisse auf dem Krankenbett zum Segen gewesen! Im Jahr 1853/54 kam ich oft an ein Krankenbett in Freiburg im Breisgau. Ich verließ dasselbe nie ohne reichen Segen von der freudigen, unheilbaren Kranken. Wie oft hat der Herr kranke Kinder Gottes gebraucht zum Segen anderer! Er erleuchte Sie mit der Hoffnung der Herrlichkeit, damit Sie Ihren Mund freudig öffnen können vor allen Ihren Besuchern und ihnen bezeugen, wie glücklich ein Kranker ist in der Gemeinschaft mit Jesu!

# 4. An eine Witwe mit bedenklicher Trauer

Wie gerne wäre ich nach Empfang Ihres Briefes sofort zu Ihnen gereist, wenn ich hier nicht gebunden wäre! Denn ich bin tief betrübt über Ihren jetzigen Zustand, den ich für höchst gefährlich halte.

Ich kenne Sie seit Jahren und habe mich oft gefreut über Ihr kindliches Gemüt und Ihren innigen Umgang mit dem Herrn. Ihre eheliche Stellung war ja lange Zeit sehr schwierig. Ihr Mann war bis zu seiner letzten Krankheit verschlossen für alles Geistliche und hatte kein Verständnis für Ihre tiefsten Befürfnisse. Sie haben ihn aber mit viel Geduld getragen und sich nicht stören lassen in Ihrer Gemeinschaft mit dem Heiland. Vor zwei Jahren hat der Herr ein Wunder der Gnade an ihm getan und sein Ohr geöffnet für das Wort vom Kreuz. Sie durften nach zwanzigjähriger Ehe die Freude erleben, daß er Frieden im Blute des Lammes fand und in gewisser Hoffnung auf die zukünftige Herrlichkeit scheiden durfte. Es waren köstliche Wochen, die Sie noch mit ihm erleben durften in der Gemeinschaft des Geistes. Aber bei aller Liebe zu Ihrem Mann stand der Heiland doch obenan bei Ihnen.

Wie ganz anders ist das in den letzten Wochen bei Ihnen geworden! Jetzt steht Ihr heimgegangener Mann obenan, und der Heiland ist ganz in den Hintergrund gerückt. O, liebe Frau N.! Das hat der Feind getan. Sie behaupten, nicht mehr leben zu können ohne Ihren Mann, und verweigern, Nahrung zu sich zu nehmen, um bald zu ihm gehen zu dürfen. Ist diese Liebe zu Ihrem Gatten eine göttliche Liebe? Nein und abermals nein! Eine Liebe, die den Heiland in den Schatten stellt und dem Leben ein Ende machen will, ist eine verkehrte, verwerfliche, Gott mißfällige Liebe; sie gehört dem Fleische an. Wenn Sie Ihr Leben abkürzen wollen, um Ihren Mann wieder zu genießen, so werden Sie weder ihn noch den Herrn schauen dürfen.

Ihr Mann ist im Frieden Gottes heimgegangen, er ist beim Herrn. Sie müssen ihn jetzt ganz dem Herrn überlassen, der ihn gerufen hat. Ich bitte Sie dringend, lassen Sie sich vom Geiste

Gottes die Augen öffnen, damit Sie Ihre Verirrung erkennen! Würden Sie fortfahren, die Nahrung zu verweigern, so ist die Folge, daß Sie Ihren Verstand verlieren und sich bewußtlos dem Feind ausliefern. Soll er bei Ihnen triumphieren, nachdem Sie jahrelang dem Heiland angehört haben? Werfen Sie sich Jesu zu Füßen und bitten Sie ihn, er möge Ihnen Ihre Verirrung vergeben! Übergeben Sie sich ihm aufs neue von ganzem Herzen, daß er wieder Ihr Ein und Alles sei! Dann wird es Licht bei Ihnen werden, und Sie können Ihren Pilgerlauf fortsetzen, bis der Herr Sie rufen wird. Bei ihm finden wir alle, die in ihm entschlafen sind, um mit ihnen anzubeten vor des Lammes Thron.

# 5. An eine trauernde Witwe

Ihren langen Brief habe ich mit herzlicher Teilnahme gelesen. Ich habe es demselben abgefühlt, daß er mit viel Tränen geschrieben wurde. Wenn ich Ihnen heute erwidern soll, so gereicht es mir selbst zum großen Trost, daß der Apostel Paulus unseren Gott in 2. Korinther 1, 3 den Vater der Barmherzigkeit und Gott alles Trostes nennt. Dieser Gott ist auch Ihr Gott und hat für Sie allen Trost, dessen Sie bedürfen. Wieviel lieber würde ich mündlich mit Ihnen reden als schriftlich! Denn bei Ihrem doppelten Schmerz ist es nicht so leicht zu trösten. Was Ihr Heimweh nach Ihrem lieben Mann betrifft, so würde ich mich wundern, wenn Sie es nicht hätten. Nach 35jähriger glücklicher Ehe muß ja eine große Lücke in Ihrem Herzen und Gemüt sein. Nach solchen tiefen göttlichen Eingriffen braucht man immer Zeit, in seinem Gott völlig stille zu werden. Ich habe den Eindruck, Sie hindern den Herrn daran, Sie stille zu machen. Sie schreiben mir: »Wenn ich morgens aufwache, so ist immer meine erste Frage: Herr, warum hast du mir meinen Mann genommen?« Aus diesen Worten klingt mir etwas wie Unzufriedenheit entgegen. Ihr Mann hat sich seine Lungenentzündung auf einer beruflichen Reise geholt und ist wie im Flug von Ihnen genommen worden. Da gibt es für Ihr heimwehkrankes Herz keinen bleibenden Trost ohne völlige Ergebung in Gottes Willen.

Ich kann Ihnen versichern aufgrund von viel seelsorgerlicher Erfahrung, daß Ihre Wunde verbunden wird, sobald Sie sprechen lernen: »Amen! Herr, ich glaube, daß dein Weg heilig und gut ist.« Das lernen Sie aber nicht ohne tiefe Beugung. Gott hat Ihnen viel Liebe erwiesen in Ihrem langen Ehestand. Und nun müssen Sie glauben: Gott ist und bleibt auch dann die Liebe, wenn er uns das Liebste nimmt; ja, gerade dann ist er die Liebe. Legen Sie die Gabe, die er Ihnen vor 35 Jahren zur Begleitung auf Ihrem Lebenswege geschenkt hat, völlig und für immer in seine Hand, und Sie werden erfahren, daß, wenn er nimmt, er uns unaussprechlich mehr dafür geben will. Möge der Herr Sie stille machen vor seinem Angesicht und Ihr Herz völlig trösten!

Dieser völlige Trost hängt nun freilich unzertrennlich zusammen mit Ihrem zweiten Schmerz, der Ihnen so viele schlaflose Stunden verursacht: Sie klagen sich Tag und Nacht an, daß Sie Ihrem Mann für seinen inwendigen Menschen nichts geboten hätten, er Ihr Abgott gewesen sei und Sie es sich zur Hauptsorge gemacht hätten, ihm das äußere Leben angenehm zu machen.

Wenn ich Ihr Seelsorger sein soll, so sei es ferne von mir, Ihr Gewissen mit falschem Trost stillen zu wollen. Im Gegenteil: Weil ich Sie gründlich trösten möchte, so bekenne ich, daß ich Ihre Selbstanklagen der Hauptsache nach für richtig halte. Doch muß ich hinzufügen, daß der Feind solche Selbstanklagen sehr oft noch größer macht, als sie in Wirklichkeit vor Gott sind. Als Sie in den Ehestand traten, war Ihr Mann bekehrt, und Sie waren äußerlich kirchlich. Sie hatten sich gegenseitig lieb und bequemten sich einander an. Dabei waren Sie eine sehr tüchtige Hausfrau, die es verstand, ihrem Mann das Leben angenehm zu machen. Überall, im Garten und im Haus, fehlte kein Punkt auf dem i, am wenigsten bei den Mahlzeiten. So war Ihr Leben äußerlich wirklich sehr angenehm, eine Versuchung zur Bequemlichkeit.

Das war wohl mit ein Grund, daß Ihr Mann innerlich nicht vorwärtskam und Sie in Ihrem Ehestand nie eine innere Umwandlung erfuhren. Diese betrübende Tatsache war aber nicht allein Ihre, sondern auch Ihres Mannes Schuld. Er hätte Sie von Anfang an mehr geistlich beeinflussen sollen. Letzteres geschah nicht, weil Sie gegenseitig abgöttisch aneinander hingen. Da lag wohl der Hauptfehler in Ihrem ehelichen Leben.

Wenn Sie nun jeden Morgen fragen: »Herr, warum hast du mir meinen Mann genommen?«, muß er Ihnen nicht antworten:« Ich habe ihn dir genommen, weil er dein Abgott war; ich habe ihn dir genommen, damit du auch deinen Gott suchen und finden sollst?«

Ja, liebe Frau N., das ist die richtige Antwort, die Sie von Ihrem Gott annehmen müssen. Wie gnädig hat der Vater der Barmherzigkeit an Ihrem Mann gehandelt! Er hat ihn in den wenigen Tagen seiner Krankheit innerlich so arm gemacht, daß er ganz auf das Blut Jesu Christi vertraute und im Glauben an seinen gekreuzigten Heiland seine Augen schloß. Zu Ihrem großen Trost dürfen Sie also fest glauben, daß Ihr Mann gerettet ist.

Nun handelt es sich darum, daß auch Sie gerettet werden. Sie haben ganz recht, wenn Sie sagen: »Unser eheliches Leben war der Hauptsache nach verfehlt.« Kommen Sie mit diesem verfehlten Leben, kommen Sie mit dem Ruhm einer vorzüglichen Hausfrau, kommen Sie mit Ihrer ehelichen Liebe, der das Beste fehlte: die Gemeinschaft im Herrn, und legen Sie alles am Kreuz Jesu Christi nieder! Lernen Sie von Herzen mit dem Apostel Paulus sprechen: »Was mir Gewinn war, das habe ich um Christi willen für Schaden geachtet. Ja, ich achte es noch alles für Schaden gegen die überschwengliche Erkenntnis Christi Jesu, meines Herrn, um welches willen ich alles habe für Schaden gerechnet, und achte es für Kot, auf daß ich Christum gewinne und in ihm erfunden werde, daß ich nicht habe meine Gerechtigkeit, die aus dem Gesetz, sondern die durch den Glauben an Christum kommt, nämlich die Gerechtigkeit, die von Gott dem Glauben zugerechnet wird« (Phil. 3, 7–9).

O, ich bitte Sie von Herzen, erkennen Sie die jetzige Gnadenstunde und übergeben Sie sich dem Heiland, der Ihren Mann gerettet hat durch sein Blut und der auch Ihnen alle Ihre Versäumnisse und Verkehrtheiten vergeben und Sie als sein ewiges Eigentum annehmen will! Dann werden Sie in Wahrheit erfahren: Der Herr hat mir viel genommen, um mir unaussprechlich mehr zu geben.

# 6. An einen schwergeprüften Gatten, der durch einseitige Schriftbetrachtung gefährdet ist

Als ich Ihren Brief gelesen hatte, trieb es mich sofort auf die Knie, um Ihren Jammer vor dem Gnadenthron niederzulegen. Ich war im ersten Augenblick geneigt, zu fragen: Herr, ist es möglich, daß ein Bruder, der dich jahrelang kennt, nicht mehr beten kann und umnachtet ist? Aber ich mußte mir sofort sagen: Das hat der Feind fertig gebracht. Ich sehe bei Ihnen denselben Fehler, den ich in den letzten Jahren oft gefunden habe: Sie nehmen die herrlichsten Verheißungen Gottes und brechen sie aus dem Zusammenhang der Schrift heraus, machen falsche Schlüsse, werden getäuscht in Ihren Erwartungen, und der Teufel kommt und verdächtigt Ihnen Gott. Diesen Weg sind Sie buchstäblich gegangen; darum konnte Sie der Feind umnachten.

Ich kenne die Stellen, die Sie nennen und an denen Sie irregeworden sind, sehr wohl: »So ihr in mir bleibet, und meine Worte in euch bleiben, werdet ihr bitten, was ihr wollt, und es wird euch widerfahren« (Joh. 15, 7). – »Wahrlich, wahrlich, ich sage euch, so ihr den Vater etwas bitten werdet in meinem Namen, so wird er es euch geben« (Joh. 16, 23). – »Alles, was ihr bittet in eurem Gebet, glaubet nur, daß ihr's empfangen werdet, so wird es euch werden« (Mark. 11, 24).

Nun sagen Sie mir, Sie und mehrere Brüder hätten diese Verheißungen im Glauben ergriffen und sechs Monate lang um Heilung Ihrer krebskranken Frau gebetet, und statt besser zu werden, hätte sich ihr Zustand immer mehr verschlimmert. Zunächst möchte ich Ihnen sagen: Was Sie erleben, das haben eine ganze Anzahl mir bekannter Kinder Gottes in den letzten Jahren auch erlebt; aber keines von ihnen ist deshalb an Gott irregeworden. Offenbar haben Sie 1. Johannes 5, 14 ganz vergessen: »Und das ist die Freudigkeit, die wir haben zu ihm, daß, so wir etwas bitten *nach seinem Willen,* so hört er uns.« Es scheint nicht der Wille Gottes zu sein, daß Ihre Frau gesund werde. Wenn es sein Wille ist, daß Sie und Ihre liebe Frau ihn durch Leiden verherrlichen, so müssen Sie auch dazu Amen sagen lernen. Als der Satan den Heiland versuchte mit Benutzung von Psalm 91, 11. 12, antwortete ihm der Herr: »Wiederum steht auch geschrieben: Du sollst Gott deinen Herrn nicht versuchen.« O, wie wichtig ist das Wort: *Wiederum steht auch geschrieben!*

Auch Ihnen möchte ich heute zurufen: Wiederum steht in Matthäus 16, 24. 25 auch geschrieben: »Da sprach Jesus zu seinen Jüngern: Will mir jemand nachfolgen, der verleugne sich selbst und nehme sein Kreuz auf sich und folge mir. Denn wer sein Leben erhalten will, der wird's verlieren; wer aber sein Leben verliert um meinetwillen, der wird's finden.« Wir müssen auch obige drei Gebetsverheißungen im großen Rahmen der Nachfolge Jesu und der göttlichen Führung betrachten. Wollen wir Jesus nachfolgen, uns führen lassen, wie es ihm gefällt, so können wir nicht alles Kreuz wegbeten, wir müssen es tragen.

Der Heiland geht in Lukas 9, 23 so weit, daß er sagt: »Wer mir folgen will, der verleugne sich selbst und nehme *sein Kreuz auf sich täglich* und folge mir.« Ja, lieber Bruder, das *»täglich«* kann uns oft schwer werden. Wenn es gilt, von Monat zu Monat, von einer Morgenwache zur anderen das Kreuz auf sich zu nehmen, so erliegt das arme Herz beinahe. Aber für solche Stunden *steht wiederum geschrieben:* »Gott legt uns eine Last auf; aber er hilft uns auch« (Ps. 68, 20). Wörtlich heißt diese Stelle: »Gepriesen sei der Herr! Tag für Tag trägt er uns. Gott ist unsere Hilfe.«

Der bekannte Bruder Steinberger in Rämismühle hatte auch die Krankheit Ihrer Frau und litt an furchtbaren Schmerzen, aber – er hat nie geklagt. Gewiß hat er viel gebetet, und viele haben für ihn gebetet. Hat Gott sie nicht erhört? Ja, er hat erhört; Er hat den kranken Bruder so gestärkt, daß er in Geduld ausharren und seinen Herrn auch im Leidenstiegel loben konnte. Lieber Bruder, das will viel mehr heißen als das Kreuz wegbeten.

Und nun bitte ich Sie, die drei herrlichen Gebetsverheißungen, von denen Sie mir schrieben, noch einmal zu lesen im Lichte der Nachfolge Jesu von Matthäus 16, 24. 25, und sich dabei zu erinnern: Wiederum steht auch geschrieben in Römer 5, 3–5: »Wir rühmen uns auch der Trübsale, dieweil wir wissen, daß Trübsal Geduld bringt, Geduld aber bringt Erfahrung, Erfahrung aber bringt Hoffnung, Hoffnung aber läßt nicht zu Schanden werden.«

Und noch einmal steht geschrieben in Römer 8, 18: »Denn ich halte es dafür, daß dieser Zeit Leiden der Herrlichkeit nicht wert sei, die an uns soll offenbart werden.«

Lesen Sie diese Stellen genau mit Ihrer leidenden Frau, und dann sinken Sie auf die Knie an ihrem Bett und bitten Sie den Herrn demütig um Vergebung Ihrer Unzufriedenheit und Ungeduld! Ich bin gewiß, dann wird es wieder licht werden in Ihrem Herzen, und Sie werden nach Psalm 68, 20 sprechen lernen: »Gepriesen sei der Herr! Tag für Tag trägt er unsere Last!«

# 7. Trost für Eltern, die zwei Kinder begraben haben

Mit inniger Teilnahme haben wir die Anzeige vom Tode Ihrer lieben Kinder gelesen. Ich wäre am liebsten zu Ihnen geeilt, um Sie persönlich zu trösten; aber ich bin hier festgehalten. Der Herr selber tröste Sie und Ihren lieben Mann! Denn in solcher Lage reicht Menschentrost nicht aus. Wenn das Haus auf einmal so leer erscheint, die lieben Kleinen ihre Stimme nicht mehr hören lassen, die lieben Augen für immer geschlossen sind, da müssen erst Tage vergehen, um ein wenig zu verstehen, wieviel uns genommen ist. Ich verstehe aus Erfahrung, daß Sie in diesen Tagen am liebsten mit dem Herrn allein sind, um das Herz immer wieder bei ihm zu stillen. Eine solche Heimsuchung gibt uns ja einen so tiefen Eindruck der Gegenwart Gottes, daß uns die Stille tiefes Bedürfnis ist. Und wie gründlich wird man ausgezogen durch solche Erfahrung! Alle Menschenworte erscheinen uns so leer beim tiefen Gefühl der Heiligkeit Gottes, unter dessen Fußspuren das Herz zittert.

Aber dem Herrn sei Dank! Wir fühlen in solchen Tagen nicht nur die Gegenwart unseres heiligen Gottes, dessen Majestät uns in den Staub beugt. Wir dürfen auch seine Liebe erfahren, die das Herz stillt und uns mächtig heimwärts zieht, dahin, wo unsere Lieblinge sind. Ich habe soeben meine alte Bibel aufgeschlagen, die mich im Jahre 1859 nach Afrika begleitet hat. Da steht auf dem ersten Blatt derselben: »Immanuel Schrenk, gestorben am 29. April 1869 in Abokobi vormittags 11 Uhr.«

Dieser unser Erstgeborener war krank, und wir flüchteten uns mit ihm auf das Gebirge zur Erholung. Als wir merkten, daß es bei ihm zum Sterben gehe, reisten wir zurück an die Küste. Unterwegs starb er uns in Abokobi. So kamen wir am Abend jenes Tages mit der Leiche in Christiansborg an. Ich werde jene vier Wegstunden von Abokobi nach Christiansborg nie vergessen: In der ersten Hängematte war meine Frau, in der zweiten unser Immanuel und in der dritten ich. Aber mit uns allen war die Gegenwart des Herrn in feierlicher Stille. Ich brauchte ein halbes Jahr, bis mein verwundetes Herz bleibend verbunden war, und ähnlich ging es uns dreizehn Jahre später, als der Herr unsere blühende Maria zu sich nahm.

Teure Freunde! Die Sterbebetten unserer Kinder haben die Überschrift: »Welche der Herr lieb hat, die züchtigt er.« Dafür sei ihm Lob und Dank! Wenn der Herr Ihnen Ihre zwei Lieblinge genommen hat, so sagt er Ihnen: »Ich habe euch sehr lieb.« Die Ewigkeitseindrücke, die er Ihnen in diesen Tagen gegeben hat, sind für Sie ein Siegel seiner Liebe, und der Heimgang Ihrer lieben Kinder ist für Sie ein neues Band, das sie verbindet mit der oberen Heimat. Auf diesem Band steht geschrieben: »Ihr seid gekommen zu dem Berge Zion, zu der Stadt des lebendigen Gottes, dem himmlischen Jerusalem, und zu der Menge vieler tausend Engel, und zu der Gemeinde der Erstgeborenen, die im Himmel angeschrieben sind, und zu Gott, dem Richter über alle, und zu den Geistern der vollendeten Gerechten, und zu dem Mittler des Neuen Testamentes, Jesu, und zu dem Blut der Besprengung, das da besser redet denn das Abels« (Hebr. 12, 22–24).

Wir sind also nicht so sehr entfernt von der oberen Gemeinde, mit der wir durch Ein Haupt im Glauben verbunden sind, bis wir zum Schauen gelangen werden und Gott abwischen wird alle Tränen von unseren Augen.

# 8. Der Tod einer Trinkerin

Ihren Brief habe ich mit Herzweh gelesen. Ich habe ja den Gang Ihrer Tochter schon lange mit Sorge verfolgt; aber ich hätte mich gefürchtet, zu denken, sie werde ein Opfer der Trunksucht werden und im Delirium sterben. Nun ist es doch geschehen. Die ganze Sache ist mir so furchtbar, daß ich kaum darüber nachdenken mag. Mein Herz blutet, wenn ich sie mir vorstelle als hoffnungsvolle Konfirmandin, an der ihr Seelsorger seine herzliche Freude hatte; wenn ich sie mir vorstelle als blühende Jungfrau, die einen tüchtigen Mann hätte glücklich machen können.

Es war ein Unglück, daß sie mit der Familie ihres Mannes in Verbindung kam. Sie hat sich schwer versündigt durch Erzwingen der Heirat. Was hilft »standesgemäße« Heirat, wenn der Bräutigam unbekehrt ist und auch noch Neigung zum Trinken hat! Ich weiß, Sie waren ja gegen die Heirat, konnten sie aber schließlich nicht verhindern. Der Herr verbinde Ihr verwundetes Herz und stille es an seinem Herzen!

Es ist doch unsagbar, welches Elend der Alkohol anrichtet! Wenn Herr N. noch ein Ohr für die Stimme des Gewissens hat, so kann er keine Ruhe haben bei dem Gedanken, daß seine Frau durch sein eigenes Beispiel eine Trinkerin geworden und darangrunde gegangen ist. Es mag jetzt ein Jahr sein, seit sie verschleiert vor mir saß und ich sie seelsorgerlich beriet; aber ihr Nervensystem war damals schon sehr geschwächt. Die Arme! Hoffentlich ist ihr trauriger Lebensgang für viele eine Warnung vor dem Erzwingen einer Heirat gegen den Willen der Eltern. Wie bitter rächt sich das meistens! Ich will es aufs neue wieder laut in die Welt hineinrufen, daß eine christliche Jungfrau keinem Mann folge, der Neigung zum Trinken hat, und keine gläubige Tochter einen ungläubigen Mann heirate. Wieviel Jammer und Elend begegne ich immer wieder, die direkte Folge von verkehrtem Heiraten sind!

Ich mag kaum an die Kinder denken; was wird aus ihnen werden? Der gesunkene Vater kann sie ja nicht erziehen, ebensowenig die jetzige Haushälterin, von der man sagt, sie werde wohl im Hause bleiben. Da muß Gottes Barmherzigkeit ein Besonderes tun, wenn die armen Kinder nicht verkommen sollen. Der Herr sei Ihnen nahe und tröste Sie! Übergeben Sie die ganze Familie der Barmherzigkeit Gottes, in die wir uns in solch schweren Tagen versenken müssen!

# IV.

# An Arbeiter und über die Arbeit im Reiche Gottes

# 1. Teile das Wort der Wahrheit recht!

Sie fragen mich in Ihrem letzten Brief, was der Apostel Paulus dem Timotheus sagen wollte, wenn er ihm in 2. Timotheus 2, 15 schrieb, er solle »das Wort der Wahrheit *recht teilen«*. Der Apostel wollte mit diesen Worten sehr viel sagen, so daß ich Ihre Frage nicht in Kürze beantworten kann.

## Nach dem Fassungsvermögen der Hörer

In Johannes 16, 12 sagt der Herr seinen Jüngern: »Ich habe euch noch viel zu sagen; aber ihr könnt es jetzt nicht tragen.« Diese Worte zeigen uns klar, daß der Heiland sich in der Belehrung und Erziehung seiner Jünger genau nach ihrem Fassungsvermögen richtete. Damit hat er uns eine Regel gegeben, die wir bei all unserer Arbeit an anderen nie aus den Augen verlieren dürfen und ohne die ein rechtes Teilen des Wortes der Wahrheit unmöglich ist. Alle Eltern, jeder Lehrer und Prediger sollten sich völlig darüber klar sein, was sie den Kindern und Alten, die sie hören, bieten können, wenn sie sie verstehen sollen. Alles, was das Fassungsvermögen unserer Hörer übersteigt, wird in den meisten Fällen unfruchtbar bleiben und unter Umständen schaden, indem es die Hörer langweilt und ihnen unser Wort verleidet.

Daraus geht hervor, daß wir uns Mühe geben müssen, die Bedürfnisse der Menschen, an denen wir arbeiten, genauer kennenzulernen. Das gilt bei Kindern und Erwachsenen. Ein Prediger, der wenig Seelsorge hat, also seine Gemeindeglieder nicht genauer kennenlernt, kann in seiner Predigt das Wort der Wahrheit nicht genügend teilen. Er weiß nicht recht, was er seinen Hörern bieten darf. Ebenso wenig kann ich das Wort der Wahrheit recht teilen, wenn ich das Denkvermögen und die Bildung meiner Zuhörer nicht genügend berücksichtige. Mütter und Lehrer, die bei Belehrung und Ermahnung der Kinder zu wenig Rücksicht nehmen auf das Alter, die Begabung und den Herzenszustand der Kinder, können das Wort der Wahrheit nicht recht teilen, sie werden nicht verstanden. Ich muß das Wort so bieten, daß ich gewiß bin: Meine Zuhörer können mich verstehen, wenn sie wollen.

Es wird in diesem Stück außerordentlich viel gefehlt. Wie manche Predigt geht deshalb über die Köpfe hinweg oder wird mißverstanden oder reizt die Neugierde in unerwünschter Weise! Wie viele Kinder werden sogar geärgert und abgestoßen, weil man ihnen im Elternhaus oder in der Schule Dinge bietet, die für ihr Alter, ihre Erkenntnis und ihren Herzenszustand nicht taugen! Unser Ziel bei allem Dienst am Wort von der Kinderstube bis auf die Kanzel, von der Hausandacht bis zum Konfirmandenunterricht muß sein und bleiben: *die Menschen in die Gemeinschaft mit Gott durch Jesum Christum zu führen.*

## Bauen und Wachsen

Wollen wir das tun, so müssen wir durchaus objektiv verfahren, d. h., wir müssen uns darüber klar werden, was wir bei unseren Zuhörern voraussetzen dürfen, was sie an religiöser Erkenntnis oder geistlicher Lehre bereits haben oder nicht haben. Der Apostel Paulus vergleicht in 1. Korinther 3, 9 ff. die Diener am Wort mit Baumeistern. Bei einem Bau muß erst das Fundament gelegt werden, damit auf demselben der Bau planmäßig ausgeführt und vollendet werden kann. Es ist ganz verkehrt, wenn ich meinen Zuhörern so predige, als hätten sie schon alle den rechten Glaubensgrund, während ihm die meisten nicht haben. Erbauen ohne Fundament ist Torheit. Wir müssen bei aller Arbeit in kleineren und größeren Kreisen vor allem grundlegend wirken, und das kann nur geschehen durch das Wort von Buße und Glaube. Alles Erbauenwollen ohne vorhandenen Glaubensgrund ist ein Bauen in die Luft. Es ist kein Wunder, wenn es an manchen Orten nicht vorwärtsgeht; man versucht in die Luft zu bauen, man teilt das Wort nicht recht.

Wie der Apostel vom »Bauen« redet, so redet er auch vom »Wachsen«. Erst wenn der Same aufgegangen und ein Pflänzchen entstanden ist, kann dasselbe wachsen. Erst muß ich ein Glied am Leibe Jesu Christi geworden sein, wenn ich als solches wachsen soll (Eph. 4, 15). Wollen wir das Wort der Wahrheit recht teilen, so bleibt unsere Hauptaufgabe, den einzelnen Menschen zum Glauben an Christum zu führen. Das können wir in dem Grade, in dem der Mensch durch das Wort christusbedürftig, gnadebedürftig wird. Hat er Christum ergriffen als seinen persönlichen Heiland, dann muß man ihn weiterführen in der Erkenntnis Jesu Christi; denn ohne sie gibt es kein gesundes geistliches Wachstum.

## Erweckung und Erbauung

Es ist an verschiedenen Orten schwer dadurch gefehlt worden, daß man kein Verständnis hatte für den Unterschied von Erweckung und Erbauung. Ich habe an verschiedenen Orten übereifrige und aufgeregte Menschen getroffen, die immer Erweckung haben wollten. Wer eine Gemeinde ruinieren will, der muß längere Zeit Erweckungsarbeit tun und die Leute fortwährend erregen. Dann wirtschaftet er sich ab mit seiner Predigt. Die Leute werden abgestumpft, man macht nur dann noch Eindruck auf sie, wenn man ihnen Pikantes bietet.

Der Heiland sagt aber seinen Jüngern, der Heilige Geist werde sie in *alle Wahrheit* leiten. Wollen wir Lehrer von Gottes Gnaden sein, dann müssen wir die, welche uns hören, auch in alle Wahrheit leiten. Geschieht das, so muß auf Erweckung Befestigung und auf Befestigung Erbauung folgen. Wer sich darüber klar ist, kann das Wort der Wahrheit »recht teilen«. Wollen wir das tun, so müssen zur Predigt Bibelstunden und Einzelseelsorge kommen. Aber bei aller Arbeit muß uns das jeweilige Bedürfnis der Gemeinde durchaus leiten.

Seelsorger, die in toten Gemeinden fortwährend erbaulich reden, weil sie selber keine Gabe der Erweckung haben, schaffen nicht viel Frucht. Sie brauchen zeitweilige Ergänzung durch einen Evangelisten, der die Gemeinde aufweckt. Wieviel wird in diesem Stück versäumt! Wir können das Wort nicht recht teilen, wenn wir an dem Grundsatz festhalten: Die Gemeinde darf niemand hören als mich. Dieser Satz steht im Widerspruch zu dem Leibe Christi mit seinen vielerlei Gaben.

Die Aufgabe, das Wort der Wahrheit recht zu teilen, schließt daher in sich, daß in einer Gemeinde vorübergehend auch einmal eine andere Gabe zur Verwendung kommt als die des Ortspfarrers. Sie schließt ferner in sich, daß man sich bei der Wortverkündigung vor Liebhabereien hütet. Unsere persönlichen Neigungen dürfen uns nicht bestimmen, sondern das Bedürfnis der Zuhörer.

Der Herr führe Sie immer mehr ein in den ganzen Reichtum seines Wortes und mache Sie zu einem Hirten von Gottes Gnaden! Fleißiges Schriftstudium verbunden mit Gebet, gründliche Predigtvorbereitung und treue Seelsorge sind die besten Hilfsmittel für die Kunst, das Wort der Wahrheit recht zu teilen.

# 2. Rechte Vorbereitung für die Predigt

## Ist Christus wirklich meine Lebensquelle?

Sie klagen in Ihrem letzten Brief, wie schwer es Ihnen werde, während der Krankheit Ihres Herrn Pfarrers sonntäglich zu predigen. Ich bedaure es, daß Sie schon im ersten halben Jahr Ihres Vikariats so viel zu reden haben; aber es geht nicht anders. Nun wünschen Sie einige Ratschläge von mir zu bekommen für die Ausarbeitung der Predigt. Sie wissen, ich bin ein einfacher Mann und habe nie gedacht, daß meine Predigtweise mustergültig sei. Da ich aber im Jahre 1909 mein fünfzigjähriges Dienstjubiläum gefeiert habe, so wird es nicht unbescheiden sein, wenn ich mir auf Ihre Bitte hin erlaube, einige Winke zu geben, aufgrund langjähriger Erfahrung.

Ein bedeutender liberaler Pfarrer der Schweiz wurde einmal gefragt, wie er sich auf seine Predigt vorbereite. Darauf antwortete er folgendes: »Ich fasse einen menschlichen Gedanken, setze ihn um in Phantasie, und dann gehe ich los.« So kann man predigen, wenn man statt des biblischen Christus eigene Weisheit predigt. Vor solcher Kunst wollen wir uns fürchten.

Für mich ist die erste Bedingung für einen evangelischen Prediger von Gottes Gnaden, daß er Christum als seinen persönlichen Heiland lebendig an seinem Herzen erfahren habe und der Vergebung seiner Sünden im Blute Jesu gewiß sei. Ohne diese Erfahrung mag er wohl von Menschen gesandt sein, zu predigen, aber nicht von Christo; denn dieser sendet nur solche Zeugen, die reden können von dem, »was sie gesehen und gehört haben.« Stehe ich so durch den Glauben in Lebensverbindung mit Christo, so ist er mir *Lebensquelle,* nicht nur für mein Herz, sondern auch für meinen Dienst am Wort. Meine tägliche Hauptsorge muß sein und bleiben, daß meine Verbindung mit meinem Heiland eine ununterbrochene und ungetrübte bleibe.

Ist das der Fall, wenn ich mich auf eine Predigt vorbereite, so befinde ich mich an der Quelle. Ist das nicht der Fall, so fühle ich mich trocken und leer. Sehen Sie also darauf, wenn Sie sich vorbereiten, daß Sie in lebendiger Verbindung mit dem Heiland stehen! Fehlt es daran, so demütigen Sie sich ungesäumt, ehe Sie über den Text nachdenken! Durch gründliche Demütigung und neues Sicheintauchen in die Gnade bekommen wir immer neuen Zufluß der Gnade, und der Heilige Geist kann durch uns reden.

## Betend in den Text hinein!

Ist diese erste Bedingung erfüllt, dann beginne ich betend mit der Textbetrachtung. Als ich mich vor 52 Jahren für etwa sechs Predigten, die ich über Weihnachten und Neujahr zu halten hatte, vorbereitete, da lag die Bibel, Bengels Gnomon, Gerlachs Neues Testament und Ludwig Hofackers Predigtbuch vor mir. Mein Freund, der nachmalige afrikanische Bischof Auer, trat zu mir und sagte: »Lege alle diese Bücher, außer der Bibel, auf die Seite, und die Vorbereitung wird dir leichter werden!« Ich tat es mit Erfolg.

Ich bin durchaus nicht gegen den Gebrauch von Hilfsmitteln, im Gegenteil, aber sie dürfen uns nicht hindern an selbständiger Textbetrachtung, und noch viel weniger dürfen uns Hilfsmittel die Hauptsache werden.

Eine goldene Regel ist: *»Betrachte deinen Text nie zuerst für deine Gemeinde, sondern immer erst zunächst für dein eigenes Herz!«* Wenn wir uns für unsere eigene Erkenntnis und persönliche Erbauung betend in den Text eingelebt haben und er uns klar und lebendig geworden ist, so sind wir die Gesegneten, und der Herr kann wieder andere durch uns segnen. Unser Zeugnis wird ein lebendiges sein.

Ist mir der Text lebendig und klar geworden, so bin ich imstande zu disponieren und aufgrund der Disposition die Predigt auszuarbeiten. Für die Disposition ist Haupterfordernis, daß ich klar bin über den Hauptgedanken des Textes. Ich rate jedem jungen Prediger, jahrelang seine Predigt schriftlich auszuarbeiten. Wer das nicht tut, sondern früh anfängt, aus dem Stegreif zu reden, ist in Gefahr, ein Schwätzer zu werden. Man sollte sich beim Vortrag nicht sklavisch an das Manuskript binden, damit man den Eindruck freier Rede macht. Wer sich gründlich in den Text hineingelebt hat und aus dem Text schöpft, wird am wenigsten in Gefahr sein, »steckenzubleiben«. Hüten Sie sich ferner vor dem Kanzelton und reden Sie natürlich und kar!

## Sechs wichtige Regeln

Wollen wir jahrelang predigen und die Zuhörer nicht verlieren, so sind folgende Bedingungen zu erfüllen:

1. Hüten wir uns vor der Gefahr, uns die Zeit für die Predigtvorbereitung rauben zu lassen! Ungenügende Vorbereitung muß uns zur Sünde werden. Wiederholt hörte ich folgende Äußerungen über Prediger: »Der erste Teil seiner Predigt ist immer gut ausgearbeitet. Aber wenn er innerlich warm geworden ist, so legt er die Feder nieder und denkt: es läuft mir schon. Der zweite und dritte Teil sind dann ein mäßiger Erguß.« Wie traurig!

2. Unsere Stärke muß bleiben, aus dem Text zu schöpfen. Das erhält frisch und bewahrt vor Verarmung und Verflachung.

3. Unsere Vorbereitung geschehe immer in der Gegenwart des Herrn mit Gebet.

4. Es ist fruchtbar, wenn wir den Text für den nächsten Sonntag die ganze Woche innerlich bewegen, damit unsere tägliche Seelsorge die Predigt befruchte und wir seelsorgerlich predigen. Hüten Sie sich aber, seelsorgerliche Erfahrungen so auf die Kanzel zu bringen, daß Sie jemand persönlich verletzen!

5. Unsere Predigt darf nie nur eine exegetische Abhandlung sein, sie soll auf das Leben eingehen. Letzteres wird nur dann der Fall sein, wenn wir nicht nur mit der Gemeinde, sondern auch mit unserer Zeit leben. Ein Wächter auf Zions Mauern muß sich seine Augen täglich durch Gottes Wort schärfen für ein klares Urteil über alle Zeiterscheinungen, damit die Gemeinde ihm abfühlt, daß er ein Verständnis hat für alles, was sie bewegt.

6. Vor allen Dingen soll aber der Prediger selber wachsen in der Gnade und Erkenntnis unseres Heilandes Jesu Christi, damit ihm der Reichtum der Herrlichkeit Jesu Christi immer mehr aufgeschlossen werde. Hält er sich an diese Regeln, so wird er frisch und fruchtbar bleiben bis ins Alter.

## Die Predigt zieht nicht mehr?

Es ist mir erschrecklich, wenn ich aus dem Munde von Theologen höre: »Die Predigt zieht nicht mehr.« Welche Predigt zieht nicht mehr? Die handwerksmäßige. So lange es aufrichtige Menschen geben wird, denen die Ewigkeit ins Herz geschrieben ist, wird ein lebendiges Zeugnis von Jesu Christo, dem Gekreuzigten und Auferstandenen, Frucht schaffen. Zieht diese Predigt einmal nicht mehr, dann sind wir am Ende. Hüten Sie sich vor jener modernen Predigt, die Jesum Christum, den Gekreuzigten, verschleiert, damit der Zeitgeist sich nicht an ihm stoße! Lassen Sie den biblischen Christus und sein Werk den Hauptinhalt Ihrer Predigt sein! Reden Sie mit Macht von Jesu Sünderliebe, predigen Sie einfach und verständlich und nie zu lange! Geben Sie der modernen Reserve (Zweifel) nie Raum in Ihrem Herzen, sondern predigen Sie Christum aus innerster Überzeugung, damit jeder Zuhörer den Eindruck bekommt, Sie glauben, was Sie sagen! Fliehen Sie Menschengefälligkeit und Selbstgefälligkeit, und bleiben Sie in der Demut! Aber hüten Sie sich auch vor Mutlosigkeit und Verzagtheit und üben Sie sich täglich in der Liebe; sie ist der Schlüssel zu den Herzen!

Ich hoffe, diese Winke werden Ihnen nützlich sein, und ich wünsche von Herzen, daß der Herr Sie zu einem lebendigen und gesegneten Zeugen mache.

# 3. Der Pastor und der Evangelist

Sie fragen mich in Ihrem letzten Brief, ob Sie sich nicht nach einer anderen Stelle umsehen sollen, nachdem Sie in Ihrer jetzigen Gemeinde nach zehnjähriger Arbeit so wenig Frucht sehen. Sie werden entschuldigen, wenn ich Ihnen sage, daß ich in Ihrem Brief einen gewissen Widerspruch entdecke. Zuerst schreiben Sie, Sie sehen wenig Frucht, und nachher bemerken Sie, der Kirchenbesuch sei gut, und Sie sähen auch viel Anhänglichkeit unter Ihren früheren Konfirmanden. Es gibt allerlei Frucht, reife und unreife. Anhaltend guter Kirchenbesuch und Anhänglichkeit früherer Konfirmanden scheint mir auch eine Frucht zu sein, wenn auch keine reife.

Nach Ihren eigenen Worten verstehen Sie unter Frucht »klare, entschiedene Bekehrung«. Als Evangelist gebe ich Ihnen recht; aber gerade als Evangelist darf ich Ihnen sagen, daß ich an den Orten am meisten Frucht meiner Predigt hatte, wo der Pfarrer vor meinem Kommen die Leute so weit gebracht hatte, daß sie vor der engen Pforte standen. Ich durfte ihnen dann nur die Tür öffnen zum Eingehen durch die enge Pforte. Das hätte ich aber unmöglich tun können, wenn sie durch die Arbeit des Pfarrers nicht vor die Tür geführt worden wären.

So hatten wir also beide Frucht, der Pfarrer und ich, und wären wir katholisch und würden nach *Verdienst* fragen, so hätte wohl der Pfarrer am meisten Verdienst; denn ich war nur der Pförtner, der die Tür öffnete. Ich könnte Ihnen Gemeinden nennen, wo ich buchstäblich diesen Dienst hatte. In solchen Fällen ist es Torheit und Ungerechtigkeit, wenn man sagt, der Pfarrer hätte nichts zustande gebracht; aber der Evangelist hätte Erfolg gehabt. Geistlich geurteilt gehören in solchen Gemeinden beide Arbeiter zusammen entsprechend ihren Gaben.

Ich habe in den letzten 30 Jahren viel gelitten unter der Wahnvorstellung, daß jeder Arbeiter im Reiche Gottes *alle* Gaben haben müsse und daß es für einen Pfarrer eine Demütigung sei, wenn er seine Gabe durch die Gabe eines anderen ergänzen lasse. So kann nur ein Mensch denken und reden, der nichts vom *Leib Christi* versteht und dem die Selbstsucht das erste Gebot ist. Ihre Predigt ist vorherrschend lehrhaft und erbaulich; die Gabe der Erweckung, die zur Entscheidung führt, tritt bei Ihnen zurück. So habe ich den Eindruck, daß unter Ihren »anhänglichen Konfirmanden« manche sein mögen, die nur des Pförtners bedürfen, um durch die enge Pforte einzugehen, um in Ihrem Sinne eine Frucht zu werden.

Denken Sie nicht an Stellenwechsel, sondern an Erntezeit! Rufen Sie Evangelist N. für wenigstens 14 Tage, und bereiten Sie seine Arbeit vor durch anhaltendes Gebet! Sie werden sehen, daß Ihnen der Herr nach zehnjähriger Aussaat Erntezeit schenkt, so daß Sie mit Freuden auf Ihrem Posten weiterarbeiten können.

## 4. Kollegiale Sorgen

Sie sind ein seufzender Mann und haben dennoch die Überzeugung, daß Sie auf Ihrem Posten ausharren müssen. Letzeres ist auch mein bestimmter Eindruck; denn ich habe mit eigenen Augen gesehen, wie der Herr sich zu Ihrer Arbeit bekennt. Es ist gewiß sehr schwer, einen Kollegen zu haben, bei dem der Ehrgeiz und die Eitelkeit eine solche Rolle spielen. Aber ich habe bei ihm bemerkt, daß er doch nicht ohne Geisteszucht ist, wenn man ihm klarmacht, daß etwas ungerecht ist. An seinem Gerechtigkeitssinn müssen Sie ihn fassen, und Sie müssen ihm mit Ruhe und Entschiedenheit entgegentreten, wenn er die Grenze überschreitet. Man sieht bei ihm, wie gefährlich die schönsten Gaben werden können, wenn der Mensch nicht demütig ist und Gott nicht die Ehre gibt. Seine schriftstellerische Gabe hat ihm viel geschadet; er hat sich immer gerne gesonnt in seinen Leistungen und ist nicht frei geblieben von Gefallsucht. Letztere wird verhängnisvoll, wenn sie sich vorherrschend an die Vornehmen oder gar an das »schöne Geschlecht« wendet. Gott bewahre uns in Gnaden vor dieser furchtbaren Gefahr, die unberechenbar wird, wenn hinter der Gefallsucht eine schöne Gestalt steht!

Fassen Sie Mut! Wir können von Persönlichkeiten, die uns eine große Übung sind, viel lernen. Wenn mich ein Mensch durch seine Charakterfehler immer wieder an das apostolische Wort erinnert: »Schaffet, daß ihr selig werdet *mit Furcht und Zittern«,* so habe ich einen großen Segen. Oder ist das kein Segen, wenn ich immer wieder vor den Herrn komme mit der Bitte: »Mache mich klein und demütig vor deinen heiligen Augen!«, und ich empfange die Kraft, einen schwierigen Kollegen zu tragen?

Wir kommen im Leben am weitesten mit der Demut. Nun gibt es freilich verschiedene Demut, es gibt charaktervolle und charakterlose Demut. Unter charaktervoller Demut verstehe ich bewußte Selbstverleugnung und Beugung andern gegenüber um des Herrn willen. Charakterlose Demut nenne ich jene Schwachheit, die dem Hochmütigen den Eindruck macht, er könne mit uns anfangen, was er wolle. Sie brauchen charaktervolle Demut;

damit werden Sie im Lauf der Jahre immer mehr erfahren: »Den Demütigen gibt Gott Gnade.« Er bringt sie auch vor Menschen zu Ehren, soweit es nötig ist. Darum gehen Sie getrost den Weg der Selbstverleugnung; damit folgen Sie dem Heiland nach.

Aufrichtige Menschen haben ein zartes Gefühl. Sie unterscheiden, ob wir Anhang suchen oder ob wir die Seelen zum Herrn führen wollen; ob wir verherrlicht werden möchten oder ob wir den Herrn verherrlichen wollen. Die besten Gemeindeglieder werden sich im Laufe der Zeit von uns abwenden, wenn wir uns selber suchen. Sie werden sich aber um so mehr zu uns halten, je selbstloser wir sind. Gemeinschaft des Geistes mit denen, an welchen wir arbeiten, ist die schönste Frucht der Arbeit. »Anhang« im gewöhnlichen Sinn des Wortes ist selten frei von seelischem und fleischlichem Wesen, befleckt gegenseitig und ist ein Hindernis der Gemeinschaft mit Gott. Wenn viele uns dankbar sind für geistlichen Segen, den sie von uns empfangen haben, so dürfen wir uns freuen; aber auf Anhang wollen wir ganz und gar verzichten. Wir sind nicht berufen, ein Magnet zu sein, der andere anzieht und an unsere Person bindet, wir sollen Wegweiser zu Christo sein.

Ich kann nur mit tiefem Mitleiden an gewisse Persönlichkeiten denken, die mir im Leben begegnet sind. Sie hatten eine Zeit, in der sie glänzten und glänzen wollten. O, wie hat Gott sie gedemütigt in späteren Jahren und teilweise zuschanden gemacht! Wieviel besser ist es, wir demütigen uns selber, damit Gott uns nicht demütigen und zuschanden machen muß. Harren Sie aus in Geduld, und üben Sie sich täglich in der Liebe und in der Fürbitte für Ihren Kollegen! Dann wird der Gott des Friedens mit Ihnen sein, und sein Segen wird Ihnen nicht fehlen. Erstreben Sie möglichst genaue Arbeitsteilung; sie trägt viel zum Frieden bei. Kommen Zeiten des Unwohlseins oder der Krankheit bei ihm oder in seiner Familie, so dienen Sie ihm mit Freuden, aber ohne Kriecherei. Der Herr kann die Zeit herbeiführen, in der er Ihnen ein dankbarer Freund wird. Ähnliches habe ich auch schon erlebt.

# 5. Der junge Seelsorger am Krankenbett

Sie wünschen einige Winke von mir zu erhalten für Krankenseelsorge, die ich Ihnen gerne gebe. Ihre ernsten Bemerkungen über die Seelsorge haben mich gefreut. Ich glaube mit Ihnen, daß die Predigt unsere wichtigste Aufgabe ist; aber die Seelsorge ist auch sehr wichtig und läßt sich nicht trennen von der Predigt. Mir ist es seit Jahren gewiß, daß der treue Seelsorger die treuesten und verständnisvollsten Zuhörer hat. Er kann gar nicht anders als seelsorgerlich predigen und darf auch auf der Kanzel erfahren, daß zwischen ihm und den Zuhörern eine innere, lebendige Verbindung besteht. Letzteres ist viel weniger der Fall, wenn ein Prediger wenig Seelsorge hat. Machen Sie sich deshalb die Seelsorge zu einer Hauptaufgabe! Ich möchte Ihnen zum Eingang sagen, daß wir in der Seelsorge nie auslernen. Werden Sie nicht mutlos, wenn Ihnen, besonders am Krankenbett, oft zum Bewußtsein kommt, wieviel Sie noch zu lernen haben!

Das Gefühl, noch lange kein fertiger Mann zu sein, muß einen jungen Seelsorger bescheiden machen; wie es überhaupt einen guten Eindruck macht, wenn junge Pastoren bescheiden auftreten. Geistliche Mundfertigkeit, hinter der nicht viel Erfahrung steht, wirkt abstoßend und verschließt den Eingang zu den Herzen, weil ihr die Wahrhaftigkeit fehlt. Tun Sie alle Ihre Arbeit, auch Ihre Seelsorge, mit Gebet! Treten Sie mit Ruhe in jedes Krankenzimmer als Bote des Friedens! Der Seelsorger soll beruhigend auf den Patienten wirken. Dieser ist leidend, und darum müssen Sie ihm Teilnahme und Mitgefühl entgegenbringen.

Es ist überhaupt gut, wenn der Pastor am Krankenbett zunächst als Mensch und dann erst als Seelsorger auftritt. Bleiben Sie sich jeden Augenblick bewußt, daß Sie, wenn der Kranke noch nicht gläubig ist, ihn zu Christo führen sollen! Das wird Sie dann vor der Gefahr gewisser Seelsorger bewahren, sich so in äußere Unterredung mit dem Kranken zu verlieren, daß Sie den Weg zur Seelsorge gar nicht mehr finden. Es ist überaus traurig, wenn der

Seelsorger sich auf Erkundigung nach Schlaf, Appetit usw. beschränkt und vielleicht nicht einmal mit dem Kranken betet.

Kommen Sie zum erstenmal zu einem Kranken, so ist Ihre Hauptaufgabe, sich über sein körperliches Befinden und vor allem über seinen Herzenszustand klar zu werden. Das soll nicht mit Drängen, sondern mit Takt geschehen. In vielen Fällen bekommt man Information durch die Umgebung des Kranken. Reden Sie nicht zu viel mit dem Kranken, solange Sie unklar sind über ihn! Geben Sie ihm in diesem Fall einen Trost durch ein Wort Gottes und schließen Sie mit kurzem Gebet! Unsere Zeit an Krankenbetten ist fast immer bemessen, und so ist es sehr wichtig, den Kranken in Kürze und Klarheit auf Christum und sein für uns vollbrachtes Werk hinzuweisen. Unser Hauptziel muß in sehr vielen Fällen sein, geistliche Armut und gläubiges Ergreifen der Gnade zu wecken. Da Kranke sehr oft schwach sind, so muß man ihnen die Gnade recht lieblich darstellen und sie recht herzlich auf die Liebe ihres gekreuzigten Heilandes hinweisen.

Selbstverständlich gibt es Fälle, in welchen der Kranke Sünden zu bekennen hat. Da bedarf es viel Takt beim Seelsorger. Er darf dem Kranken helfen zum Bekenntnis, aber er soll nicht drängen. Ein richtiges Bekenntnis muß vom Geiste Gottes bewirkt sein. Haben Sie den Eindruck völliger Aufrichtigkeit des Kranken, so versäumen Sie die Absolution nicht. Halten Sie das Beichtgeheimnis allewege heilig! Handelt es sich um begangene Veruntreuungen, so verlangen Sie, wo immer es geht, Rückerstattung. Natürlich gibt es Fälle, in welchen diese nicht möglich ist. Der Schächer am Kreuz konnte nichts mehr ersetzen. Es ist sehr wichtig für die Seelsorge, herauszufinden, ob ein Bann auf dem Gewissen liegt. Ehe dieser beseitigt ist, bleibt unsere Arbeit mehr oder weniger unfruchtbar.

Wir Seelsorger sind verschrieen, wir regten die Kranken auf. Dieses Vorurteil ist in sehr vielen Fällen unbegründet. Jedenfalls sollen wir es entschieden vermeiden, unnötige Veranlassung zu dieser Beschuldigung zu geben. Dagegen können wir es in einzelnen Fällen nicht umgehen, daß Kranke und Sterbende, die mit ihrem Gott nicht im reinen sind, in Gewissensnot kommen. Ein richtiger Seelsorger wird den Kranken keinen Augenblick zu lange in dieser Not lassen, sondern ihm zu rechter Zeit den Trost der Gnade bringen. Auf den Ruhm müssen wir absolut verzichten, den Kranken alle Beunruhigung zu ersparen auf Kosten ihres Seelenheils. Dieser Ruhm ist gewissenlos. Die rechte Liebe sucht zu retten. Tun Sie das immer mit der nötigen Zartheit!

Einzelseelsorge in Sälen von Krankenhäusern ist oft schwer. Hört der Kranke gut, so kann man leise reden und persönlich werden. Hört er nicht gut, so muß man die übrigen Kranken berücksichtigen und allgemeiner reden, so daß alle anwesenden Kranken etwas davon haben. Ich habe wiederholt erfahren, wie der Herr ein Zeugnis vom Heiland in einem Krankensaal auch an Katholiken segnete. Der Herr sei mit Ihnen und segne Ihre Seelsorge! Mir brachte sie für mein eigenes Herz und für meine Predigt immer großen Gewinn.

# 6. Wichtige Überlegungen vor der Übernahme einer neuen Arbeit

Es ist mir nicht leicht, Ihnen zu raten. Jene Stelle hat für einen Mann in Ihrem Alter etwas Verlockendes: Man bekommt einen größeren Wirkungskreis als auf einer Dorfpfarrei, wird in sehr verschiedene Aufgaben hineingestellt und kann viel lernen. Das alles ist anziehend für einen gesunden jüngeren Mann.

Aber die Schattenseiten gerade der Stelle, um die es sich handelt, sind nicht gering. Zunächst ist es ja doch nur ein Posten für mehrere Jahre, und es hat nicht immer angenehme Folgen, wenn man aus seinem ordentlichen Gang heraustritt. Dann müssen Sie viel reisen und dabei sehr viel reden. Ich könnte Ihnen Leute mit Namen nennen, die in jungen Jahren längere Zeit reisten und dabei viel redeten, die das Sitzleder verloren und später nicht mehr imstande waren, sich gründlich auf eine Predigt vorzubereiten.

Es ist ein außerordentlich großer Unterschied zwischen fortwährenden Gelegenheitsreden und dem ordentlichen Dienst am Wort in der Gemeinde, verbunden mit regelmäßiger Seelsorge und mit Unterricht. Ich kenne keinen größeren Segen für unseren inwendigen Menschen als den regelmäßigen Dienst am Wort, verbunden mit Seelsorge und Unterricht; vorausgesetzt, daß man sich gewissenhaft vorbereitet. Man kommt dadurch viel mehr in die Schrift hinein als bei irgendeiner andern Arbeit und hat viel Anregung für das Gebetsleben. Regelmäßige Seelsorge wirkt ungemein befruchtend auf das Schriftstudium. Als ich seinerzeit vier Jahre lang Missionsprediger war und wenig Seelsorge hatte, bekam ich mächtiges Heimweh nach Seelsorge und war sehr glücklich, als ich sie wieder hatte; denn gerade durch die Seelsorge hatte ich immer viel Segen für mein eigenes Herz. Viel reden ohne Seelsorge verflacht sehr leicht.

Dann gebe ich Ihnen zu bedenken, daß viel äußere Arbeit mit der fraglichen Stelle verbunden ist, die auch mehr herabdrückt als hebt. Ferner bedarf ein Mann auf jenem Posten viel Schlagfertigkeit, Organisationsgabe und Menschenkenntnis. Sie müssen sich daher klar werden, ob Sie diese Eigenschaften haben. An einen weiteren Umstand brauche ich Sie kaum zu erinnern: Sie müßten bei der vielen Abwesenheit von zu Hause ein gut Stück Ihres Familienlebens drangeben. Das alles sind sehr wichtige Dinge, die viel Überlegung bedürfen.

Ich habe den Eindruck, daß Sie viele Gaben vom Herrn empfangen haben für einen solchen Posten, erlaube mir aber die brüderliche Fragen: Haben Sie die nötige Innerlichkeit, die Sie wappnen würde gegenüber all den Versuchungen und Gefahren, die mit der betreffenden Stelle verbunden sind? Diese Frage ist vielleicht die wichtigste Frage für Sie. Bei den außerordentlich vielen Ansprüchen und Verpflichtungen, die ein solcher Posten mit sich bringt, erfordert es immer wieder viel Energie und ein in Gott gebundenes Gewissen, die nötige Stille herauszuschlagen, deren man bedarf, um innerlich gedeihen und existieren zu können.

Als ich mein ausschließliches Reiseleben antrat, war ich 55 Jahre alt. Heute, nach 23 Jahren, danke ich Gott, daß ich all diese Jahre unentwegt an dem Grundsatz festhielt: Ich lasse mir die nötige Stille, die meine Arbeit täglich fordert und deren mein innerer Mensch bedarf, nicht rauben. Ohne diesen Grundsatz wäre ich ein elender Schwätzer geworden. Der Herr leite Sie in Ihrem Entschluß und bewahre Sie! Eilen Sie nicht mit der Antwort!

# 7. An den Lehrer eines Brüderhauses

## Der Zeitgeist geht an einem frommen Haus nicht vorüber

In Ihrem letzten Brief ließen Sie mich ein wenig in die Freuden und Leiden Ihrer Anstalt hineinschauen. Kennt man unsere Zeit, so müßte man sich wundern, wenn in einer Anstalt, in der Arbeiter für die Innere Mission ausgebildet werden, gar nichts zu spüren wäre vom Zeitgeist. Ihre Erfahrungen der letzten Wochen waren eigentlich gar nichts anderes als ein Kampf mit dem Zeitgeist. Wo wir hinschauen in unseren Tagen, sehen wir Überhebung. Eine Menge Menschen wollen sich nicht mehr unterordnen und verweigern den Gehorsam. Wenn der Mensch vom lebendigen Gott abfällt, so darf man sich nicht wundern, wenn es ihm schwer wird, sich unter menschliche Autorität zu beugen. Letzteres haben Sie bei Ihren zwei entlassenen Zöglingen auch erfahren.

Solche Erfahrungen sind eine Mahnung, es ernst zu nehmen mit der Aufnahme in die Anstalt. Der Mangel an Arbeitern in der Inneren und Äußeren Mission kann eine Versuchung werden, ein Auge zuzudrücken bei der Aufnahme in das Haus. Man hofft, der Aufenthalt in der Anstalt werde dem Bewerber dazu dienen, ihn fähig zu machen für seinen Beruf. Erfüllt sich dann diese Hoffnung nicht oder nicht ganz, so sendet man ihn vielleicht doch aus, um eine Lücke auszufüllen. Damit verliert man leicht den biblischen Maßstab für die geistliche Qualität der Arbeiter, was äußerst verhängnisvoll ist. Eine Anstalt mit ungeistlichen Elementen erschwert und gefährdet das innere Leben aller Hausgenossen, und wenn solche Leute in die Arbeit treten, so bringen sie das Werk in Mißkredit und geben Ärgernis. Gott bewahre unsere Anstalten für Innere und Äußere Mission vor solcher Entwicklung!

## Gebetsgeist ist nötig

Ich begreife, daß Ihnen die Entlassungen schwer wurden; aber ich bin gewiß, daß sie für den Geist des Hauses notwendig waren. Wir erfahren ja beim Tischgebet und bei der Familienandacht, daß fremde Elemente störend wirken. Das ist nicht anders in einer Anstalt, in der Persönlichkeiten sind, von welchen ein fremder Geist ausgeht; sie stören den Gebetsgeist. Ein Brüderhaus kann unmöglich bestehen ohne Gebetsgeist.

Als ich vor Jahren berufen wurde, in einem Brüderhaus zu arbeiten, sagte ich damals dem Vorsteher: »Wenn ich die Leitung übernehmen sollte, so würde ich Gebetsstunden unter den Brüdern einführen.« Er antwortete mir: »Dieser Gedanke ist mir ganz neu.« Ich staunte, daß Gebetsstunden dem Vorsteher eines Brüderhauses etwas Neues waren. Ich glaube nicht an eine gesegnete Leitung eines Brüderhauses ohne Gebetsgemeinschaft, sie ist eine Grundbedingung für alle Gemeinschaft. Ohne sie ist ein engerer Brüderverband unmöglich. Ist in einer Anstalt regelmäßige Gebetsgemeinschaft, so können Trennungen, Spannungen, Unfriede sich nicht einnisten. Das gegenseitige Verhältnis wird gereinigt, vertieft und gestärkt. Das innere Leben wird gefördert, die Gegenwart Gottes wird erfahren, der Segen Gottes waltet in einem solchen Haus. Sind aufrichtige Brüder mehrere Jahre in einer solchen Anstalt, so werden sie Beter, und letzteres muß uns ein Hauptanliegen sein.

Was ist ein Arbeiter in der Inneren oder Äußeren Mission, wenn er kein Beter ist? Ein armer, elender Mensch. Unsere Bewahrung, all unser Wachstum und Dienst für den Herrn erfordert Gebet. Der Herr und seine Apostel ermahnen uns immer wieder zum Gebet, zum Gebet ohne Unterlaß, ohne das es keine Ausrüstung für fruchtbare Arbeit gibt.

## Gründliche biblische Ausrüstung

Wenn Sie in Ihrem Brief bemerken, Sie hätten bei Ihren älteren Brüdern, die schon länger in der Arbeit stehen, vielfach Mangel an genügender biblischer Schulung bemerkt, so berühren Sie einen wichtigen Punkt. Unsere Verhältnisse sind ganz andere als vor 40 und 50 Jahren. Die kirchlichen und sozialen Schwierigkeiten haben sich sehr gemehrt. Überall begegnet uns Verwirrung, und die Brüder kommen in ihrer Arbeit nicht mehr durch ohne eine gründliche biblische Ausrüstung. Besonders der Dienst am

Wort, der in jeder Arbeit immer mehr Bedürfnis wird, verlangt Vertrautheit mit der evangelischen Glaubenslehre und den konfessionellen Unterscheidungslehren. Ohne diese Ausrüstung ist ein Bruder immer in Gefahr, sich zu blamieren, wenn er Angriffe auf das Evangelium abweisen soll. Auch den schwärmerischen Erscheinungen unserer Zeit gegenüber bedarf jeder Arbeiter in der Inneren Mission einer gesunden, klaren, biblischen Erkenntnis, um die ihm anvertrauten Seelen beraten, bewahren und leiten zu können. Dadurch steigern sich die Anforderungen, die an den Unterricht in den Brüderhäusern gestellt werden.

## Demütiger Sinn

Gewiß ist das Wissen der Brüder nicht die Hauptsache, aber es ist nötig. Hauptsache bleibt der gediegene christliche Charakter eines Bruders, so daß man ihn mit Vertrauen auf irgendeinen Posten stellen kann. Hält man bei der Aufnahme in die Anstalt fest an der Notwendigkeit einer gründlichen Bekehrung, so wird die Erziehung in der Anstalt sehr erleichtert.

Sie haben in Ihrem Hause den Vorzug, daß die ganze Einrichtung derselben auf Einfachheit der Brüder abzielt. Das halte ich für überaus wichtig. Nichts ist hinderlicher in der Arbeit der Inneren Mission als die Sucht eines Arbeiters, den vornehmen Herrn zu spielen. Demut, Selbstverleugnungssinn und Bereitwilligkeit zu dienen sind unentbehrliche Eigenschaften eines Nachfolgers Jesu. Diese Eigenschaften öffnen die Herzen mehr als die schönste Rede. Sie sind auch nötig für das Zusammenhalten und die Leitung eines in der Arbeit stehenden Brüderverbandes. Es gehört zum Traurigsten, wenn ein Bruder mehrere Jahre in der Arbeit steht und sich dann über die Grundsätze der Anstaltsleitung hinwegsetzt und eigene Wege geht. Der Heiland hat gesagt: »Ich bin von Herzen demütig«, und bei uns muß es heißen: »Ich will von Herzen demütig sein.« Der Demütige kann gehorchen; nur die Demütigen sind das Licht der Welt.

# 8. An einen künftigen Lehrer eines Missionshauses

Ihre Mitteilung, daß Sie den Ruf als theologischer Lehrer des Missionshauses in N. angenommen haben, hat mich sehr bewegt. Es freut mich, daß Sie Ihren künftigen Beruf sehr ernst auffassen; bekommen Sie doch eine einzigartige Stellung. Ein Student der Theologie hat eine freie Stellung zu den Professoren. Er mag sich diesen oder jenen wählen; er kann privatim mit ihm verkehren oder ihm persönlich fernbleiben; er kann eine theologische Richtung einschlagen, die den Anschauungen seiner Lehrer widerspricht. Die Hauptsache ist ihm, daß er die wissenschaftliche Reife für das Examen bekommt. Vertritt er nicht allzu krasse Ansichten, so findet er auch eine Anstellung.

Die Zöglinge eines Missionshauses sind auch Studenten. Wehe ihnen, wenn sie es nicht wären! Aber sie sind nicht nur Studenten. Vom Tage ihres Eintritts an sind sie ihren Lehrern und Vorstehern anvertraut und stehen unter ihnen. Diese haben nicht nur für ihre wissenschaftliche Ausbildung zu sorgen, sondern vor allem auf ihre innere Entwicklung zu achten. Die Missionsgemeinde, die das Missionswerk trägt, erwartet und verlangt, daß ein Schüler eines Missionshauses sich nicht beliebig zu einem liberalen oder vermittelnden oder orthodoxen Theologen entwickelt, sondern zu einem lebendigen Zeugen des gekreuzigten, auferstandenen und erhöhten Heilandes. Ein Missionshaus, das ein anderes Ziel hätte, hat kein Existenzrecht.

Daraus folgt, daß die Theologie eines Missionshauses unabhängig sein und bleiben muß vom Zeitgeist. Sie muß biblische Theologie sein und bleiben. Gewiß schreitet die Gemeinde Jesu Christi fort in der Erkenntnis Gottes und unseres Heilandes, und das wollen wir Missionsleute auch. Aber unsere Erkenntnis Gottes und Jesu Christi ist und bleibt an das Wort des Herrn und seiner Apostel gebunden; sie ist nicht das Produkt einer modernen Schule.

Als ich vor 57 Jahren in das Missionshaus in Basel eintrat, da hörte ich die wichtigsten theologischen Fächer bei Wolfgang

Friedrich Geß (1819–1891), dem späteren Professor der Theologie in Breslau und Generalsuperintendenten von Posen. Wir bekamen von ihm immer den ganz bestimmten Eindruck, daß er nie nur persönliche Anschauungen vortrug, sondern den Herrn und seine Apostel reden ließ. Er hat diese nie gemeistert, sondern sich unter ihr Wort gebeugt. Damals saß auch der selige Vater von Bodelschwingh zu seinen Füßen. Im ganzen Unterricht war nichts von schablonenhaften Absichten; alles war auf selbständiges Denken angelegt. In der Dogmatik wurde jeder Paragraph gründlich durchgesprochen. Wir haben nicht nur gefragt, sondern auch opponiert. Man hat uns zu selbständigen Leuten erzogen, deren Gewissen in der Schrift gebunden ist. In den letzten Monaten las ich meine Dogmatik von Geß wieder, soweit sie vom Werk Christi handelte, und dankte Gott aufs neue, daß sie durch und durch biblisch ist. Das ist eben der ungeheure Vorzug der biblischen Theologie, daß man durch dieselbe erlöst wird von den Wellen des Zeitgeistes und nicht fortwährend umsatteln muß. Man hat nicht Flugsand, sondern Ewigkeitsgrund unter den Füßen.

Ich freue mich, daß Sie ein biblischer Theologe sind und Ihre Schüler in den Zusammenhang der Schrift einführen werden. Es wird Sie mancher beneiden um Ihre schöne Aufgabe. Es ist ein großes Vorrecht, wenn der Beruf es gebietet, täglich einzudringen in den Reichtum des Evangeliums und Männer ausbilden zu helfen, die die Frohe Botschaft von Jesu Christo hinaustragen in die Völkerwelt.

# 9. Das seelsorgerliche Ziel eines Lehrers im Missionshaus mit seinen Zöglingen

## Es geht nicht ohne klare biblische Maßstäbe

Man beschäftigt sich neuerdings ernstlich mit der Frage: Soll man den Missionaren nicht eine etwas andere wissenschaftliche Ausrüstung geben? Die lange Erfahrung der alten Missionsgesellschaften wird bei der Beantwortung dieser Frage maßgebend sein. An der bisherigen theologischen Ausbildung im engeren Sinn wird nicht viel zu ändern sein.

Viel verhängnisvoller wäre die Frage: Darf man in unserer Zeit noch dieselbe Anforderung an das geistliche Leben eines ausziehenden Missionars stellen, wie unsere Väter sie stellten? Diese Frage liegt eigentlich in der Luft; denn unser Geschlecht neigt zu religiöser Laxheit und Oberflächlichkeit. In meinem ersten Brief sagte ich: Die Theologie eines Missionshauses muß biblisch sein und bleiben. Steht dieser Satz fest, so steht auch der andere fest: Der Maßstab für das geistliche Leben eines Missionars muß biblisch sein und bleiben. Hält man nicht fest an dieser Regel, so wird die nächste Folge sein, daß man unsere traurigen kirchlichen Zustände auf die Mission überträgt, die Einigkeit im Geist preisgibt und damit die Kraft verliert, die für fruchtbare Arbeit an den Heiden unentbehrlich ist.

## Wir brauchen heilsgewisse Zeugen

Ausgehende Missionare sind gewöhnlich jüngere Männer. Wir dürfen daher nicht von ihnen fordern, daß sie die Reife erfahrener, älterer Männer haben. Aber auf welches ganz bestimmte Ziel müssen die Lehrer und Vorsteher eines Missionshauses bei der sechsjährigen Vorbereitung eines jeden ihrer Schüler hinarbeiten? *Daß er beim Verlassen des Missionshauses volle Heilsgewiß-*

*heit habe.* Von dieser Forderung darf nicht abgegangen werden; sie ist biblisch und für die Mission unerläßlich.

Ich sage nicht, daß ein Missionar die Heilsgewißheit nicht auch noch auf dem Missionsfeld bekommen kann. Er kann aber in den Versuchungen der Heidenwelt ebensowohl zugrunde gehen, wenn er nicht vor seiner Aussendung zur Heilsgewißheit gelangt. Es ist eine große Verantwortung für ein Missionskomitee, wenn es Leute aussendet ohne Heilsgewißheit. Es hat sie auf dem Gewissen, wenn sie in der Heidenwelt Schiffbruch erleiden. Ich will nicht davon reden, daß ein Prediger über viele biblische Texte nur als Schwätzer predigen kann, wenn er selber keine Heilsgewißheit hat. Ich selbst trat als frommer junger Mann in das Missionshaus ein, stand auch im Glauben und hatte inneren Missionsruf. Aber bleibende Heilsgewißheit, das heißt innere Bezeugung meines Gnadenstandes durch den Heiligen Geist hatte ich nicht. Erst im zweiten Jahr meines Aufenthaltes im Missionshaus kam ich nach viel Kampf zu bleibender Heilsgewißheit.

## Weht die Luft der freien Gnade Gottes?

Kann ein junger Mann sechs Jahre im Missionshaus sein, mit der Missionsgeschichte bekanntwerden, immer wieder von der Not der Heidenwelt und von Krankheit und Sterbefällen von Missionaren hören; kann er dabei täglich und reichlich Gottes Wort betrachten und hören, ohne zu der inneren Bezeugung seines Gnadenstandes durch den Heiligen Geist zu gelangen, so halte ich ihn nicht für völlig aufrichtig.

Wenn sechs Jahre lang täglich die Größe des künftigen Berufes vor einem steht, wenn man immer und immer wieder die Gewissensfrage beantworten soll: »Bin ich tüchtig für meine zukünftige Aufgabe?«, so muß ein völlig aufrichtiger Mensch notwendigerweise in tiefe geistliche Armut kommen. Geschieht letzteres nicht, so ist damit bewiesen, daß der Betreffende sich innerlich nicht völlig unter die Geisteszucht beugt. Der Hauptgewinn eines Missionshausaufenthaltes muß sein, daß man von aller eigenen Gerechtigkeit ausgezogen, innerlich gründlich zerbrochen wird, damit man völlig in die freie Gnade hineinkommt. Nur den wahrhaft geistlich Armen kann der Heilige Geist die volle Erlösung in Christo zueignen. Ohne diese innere Zueignung der Gnade Gottes in Christo gibt es kein Innewohnen des Heiligen Geistes im Herzen, und was ist ein Missionar ohne dieses Innewohnen? Er ist ein Arbeiter ohne Zeugungskraft. Wenn ich das ausspreche, so stehe ich klar auf dem Zeugnis der Apostel.

Darum sage ich noch einmal: Der Lehrer als Seelsorger des Missionshauses muß bei jedem seiner Schüler darauf hinarbeiten, daß er zu bleibender Heilsgewißheit kommt. Für diese Arbeit sind zwei Dinge unentbehrlich: Erstens muß der Lehrer selber Heilsgewißheit haben, bezeugt durch den Heiligen Geist; zweitens muß im Missionshaus die Luft der freien Gnade Gottes wehen, die Friede und Freude im Heiligen Geiste verbreitet.

## Ist der Gekreuzigte der Mittelpunkt?

Letzteres wird der Fall sein, wenn in den Andachten, den Schriftbetrachtungen und in der ganzen Theologie des Hauses Jesus Christus der Gekreuzigte der Mittelpunkt ist. Wo das Kreuz Jesu Christi mit seiner Offenbarung der Gerechtigkeit, der Gnade und Liebe Gottes zur vollen Geltung kommt, da gibt es volle Scheidung von der Sünde, gründliche Buße und volle Begnadigung mit vollem, bleibendem Frieden. In dieser Luft werden die Zeugen Jesu Christi geboren. In dieser Luft liegt das Geheimnis der Zucht eines Missionshauses. Wer diese Luft nicht erträgt, den scheidet der Geist des Hauses aus. Je eher solche Elemente ausgeschieden werden, desto besser; denn sie hindern den Heiligen Geist im Hause. Untaugliche Elemente, die im Missionshaus nicht ausgeschieden werden, bilden die Not auf den Stationen und hindern das ganze Werk.

Darum müssen die Leiter eines Missionshauses den Mut haben zur Luftreinigung; sie sind es dem Herrn und seinem Werk schuldig. Die Entlassung eines untauglichen Zöglings hat uns immer einen heilsamen Eindruck gemacht. Der Herr halte seine Hand über unseren Missionshäusern und lasse sie Pflanzschulen seines Geistes bleiben, aus denen lebendige Zeugen Christi hervorgehen!

# 10. Zwei Geleitworte an einen ausziehenden Missionar

Vor einigen Wochen besuchte mich ein Kandidat der Theologie und ein Stadtmissionar. Ich gab beiden Brüdern zwei Geleitworte mit, und dieselben Worte möchte ich auch Ihnen mitgeben vor Ihrer Abreise nach Afrika. Beide Worte stehen im hohenpriesterlichen Gebet Jesu Johannes 17. Das erste heißt: *»Ich habe dich verklärt auf Erden und vollendet das Werk, das du mir gegeben hast, daß ich es tun sollte«* (V. 4). Das Leben Jesu war ein wunderbares Leben: Vom Anfang bis zum Ende war es eine ununterbrochene Verherrlichung des Vaters, weil er nichts tat, als was er sah den Vater tun. Sein Wandel war ein Wandel in völligem Gehorsam gegen den Vater. Lieber Bruder! Auch wir haben keine andere Lebensaufgabe als die Verherrlichung Gottes, und diese können wir nur erfüllen, wenn wir in den Fußstapfen Jesu wandeln. Aber wer kann das?

Nur die zerbrochenen Herzen, nur die geistlich Armen, die täglich im Ernst des Meisters Worte buchstabieren: »Ohne mich könnt ihr nichts tun« (Joh. 15, 5). O, wie klein müssen wir werden, wenn das unsere Praxis werden soll! Da gilt es, täglich in den Spiegel des Wortes Gottes hineinzuschauen und das Angesicht des Herrn fleißig zu suchen; denn nur dann bekommen wir täglich ein Jüngerohr, auf des Vaters Stimme zu hören, und Jüngeraugen, auf seine Winke zu schauen, und eine Jüngerzunge, in seinem Geiste zu reden (Jes. 50, 4–7).

Der Heiland helfe Ihnen, Seinen Namen in Afrika zu verherrlichen, auch im Leiden zu verherrlichen; denn ohne das kommen Sie im Todeslande der Westküste Afrikas nicht durch. Er erhalte und bewahre Sie! Er sei Ihnen nahe in der Fieberhitze und lasse den Frieden Gottes Ihr Herz allezeit bewahren zu Seiner Verherrlichung!

Das zweite Wort, das ich Ihnen mitgeben möchte, steht Johannes 17, 10: *»Alles, was mein ist, das ist dein, und was dein ist, das ist mein.«* Ich kann mir zum Beginn der Missionslaufbahn kein herrlicheres Wort denken als dieses, und gerade für den Abschied von Europa ist es ein köstliches Wort. Ich weiß aus Erfahrung, daß man beim Abschied von der alten Heimat nichts anderes kann, man wird innerlich getrieben zum Abschluß mit der Vergangenheit. Welch ein Gnadenstrom kommt in das Herz, wenn man dem Heiland sagen kann: »Alles, was in meinem vergangenen Leben hinter mir liegt, *ist dein*!« Du hast alle meine Sünden getragen, und in deinem Blut sind sie alle für ewig getilgt.« In diesem Sinn dürfen auch Sie vor Ihrer Abreise sagen: »Alles, was mein ist, das ist dein.« Aber in diesen Worten liegt nicht nur das Bekenntnis der Vergebung der Sünden, sondern vor allem das Bekenntnis: »Herr, ich bin dein Eigentum mit allem, was ich bin und habe, für Zeit und Ewigkeit, so gewiß du mich mit deinem Blut erkauft hast.« Der Herr versiegle diese Worte in Ihrem Herzen durch seinen Heiligen Geist: »Alles, was mein ist, das ist dein!«

Ist das Tatsache bei Ihnen, dann dürfen Sie es wagen, im Glauben zu sprechen: *»Und was dein ist, das ist mein.«* Wenn der Heiland zum Vater sagte: »Alles , was dein ist , das ist mein,« so verstand er darunter: »Alle Macht und Herrlichkeit des Vaters ist mein.« Und wir verstehen darunter: »Vater, dein ganzer Reichtum von Gnade, Barmherzigkeit, Leben , Liebe und Treue gehört mir in Christo Jesu.«

So liegt in diesen Worten eine wunderbare, herrliche Missionsausrüstung für Ihre ganze Missionslaufbahn. Solange es bei Ihnen feststeht: »Alles, was mein ist, das ist dein«, dürfen Sie täglich festhalten: »Und was dein ist, das ist mein.« Aus dieser Glaubensstellung darf Sie auch Ihre eigene Schwachheit nicht verrücken. Fliehen Sie nur täglich unter das Blut Jesu, damit der Feind Sie in Ihrem Vertrauen nicht schwächen kann! Dann werden Sie in gesunden und in kranken Tagen es festhalten können: »Herr, was dein ist, das ist mein«, und Sie werden auch in Tagen großer körperlicher Schwachheit Trost und Kraft aus diesem Wort schöpfen und das Herz stillen können. Der Herr segne und geleite Sie!

# 11. Wie gewinnen wir mehr Diakonissen?

Auf Ihre Frage: »Wie gewinnen wir mehr Diakonissen?« möchte ich Ihnen nach reiflicher Überlegung folgendes antworten: Das vorige Jahrhundert war eine fruchtbare Zeit für die Äußere und die Innere Mission, und wir sind, gottlob, immer noch in aufsteigender Linie. Unter den Werken der Inneren Mission ragt die Diakonissensache besonders hervor, und wir können Gott nicht genug danken für all das Werk der Barmherzigkeit und der Liebe, das von den Diakonissenhäusern getan wird. Auch die verhältnismäßig rasche Entwicklung Ihres Hauses ist ein offenkundiger Beweis göttlichen Segens. Es geht aber bei der Diakonissenarbeit wie bei aller Reichgottesarbeit: Je mehr gearbeitet wird, desto mehr Bedürfnisse werden offenbar. Das zeigt mir auch Ihr letzter Brief, in dem Sie sich über großen Mangel an Schwestern beklagen und die Frage stellen: *Wie können wir mehr Diakonissen bekommen?*

## Jesus selber ermutigt zum Dienst der Barmherzigkeit

Diese Frage könnte man zunächst so beantworten: Wir müssen mehr lernen von der katholischen Kirche. Die Diakonie, und zwar die männliche und die weibliche, ist eine besondere Zierde der katholischen Kirche. Es ist erstaunlich, wie viele barmherzige Schwestern die katholische Kirche stellt. Woher kommt das? Wir dürfen nicht alles bemängeln, was die römische Kirche tut, und so wollen wir ihr den Ruhm lassen, daß sie ihre Glieder unablässig und mit Erfolg zum Dienst der Barmherzigkeit auffordert und anleitet.

Auf seiten der evangelischen Kirche dürfte das wohl noch mehr geschehen. Wenn man eine Umfrage bei uns halten würde, ob es keine Pfarrer gebe, die ihre Konfirmanden nicht zum Diakonissendienst ermuntern, so fürchte ich, man würde manche finden. Und eben da liegt noch ein Mangel, der mit unseren kirchlichen

Zuständen zusammenhängt. Wir können und wollen die Art der Einheit der katholischen Kirche nicht nachmachen; aber das dürften wir nachmachen: In der katholischen Kirche ist das Interesse und die Liebe zur Diakonie in Fleisch und Blut übergegangen. Bei uns muß darin noch viel geschehen; unsere Zersplitterung hindert uns daran.

Vielleicht haben wir Evangelischen auch mit der Versuchung zu tun, über die Schrift hinaus gegen Werkgerechtigkeit zu eifern. Wir wollen das Kleinod der Gerechtigkeit aus dem Glauben hochhalten; aber wir sollen unsere Leute doch auch auf Matthäus 10, 42 hinweisen: »Und wer der Geringsten einen nur mit einem Becher kalten Wassers tränkt in eines Jüngers Namen, wahrlich, ich sage euch, es wird ihm nicht unbelohnt bleiben.« Und wie hoch redet der Herr in Matthäus 25, 31–40 von Werken der Barmherzigkeit an Hungrigen, Durstigen, Nackten, Kranken und Gefangenen und verheißt denen das Reich, die diese Werke getan haben, weil er alle Barmherzigkeit, die seinen geringsten Brüdern erwiesen wurde, als ihm erwiesen betrachtet! Es würde sehr heilsam sein, wenn man unsere Jungfrauen, die oft so wenig Sinn für das *Dienen* haben, auf solche Worte Jesu hinweisen würde. Ich glaube, es ist noch viel Raum in unserer evangelischen Kirche, die *Konfirmanden und die Jungfrauenvereine systematisch zum Diakonissendienst zu ermuntern.*

Die Frage: »Wie gewinnen wir mehr Diakonissen?« muß auch immer wieder an die Adresse der Evangelisten gerichtet werden. In unseren großen Evangelisationsversammlungen sind immer wieder Hunderte von Jungfrauen. Unter ihnen werden Gott sei Dank immer welche erweckt und bekehrt. Oft habe ich mit Erfolg unter ihnen geworben für den Diakonissendienst. Zuweilen habe ich aber auch vergessen zu werben. Ebendarum ist es nötig, daß wir Evangelisten immer wieder daran erinnert werden: Vergeßt die Diakonissenhäuser nicht!

## Wie steht es um das geistliche Leben in den Diakonissenhäusern?

Nach allem Gesagten möchte ich es aber doch bestimmt aussprechen, daß die Frage: »Wie gewinnen wir mehr Diakonissen?« in doppelter Beziehung an die Diakonissenhäuser zurückgegeben werden muß. Zuerst insofern: Je mehr das geistliche Leben in den Diakonissenhäusern gepflegt wird und blüht, desto mehr werden sie Anziehungspunkte für gläubige Jungfrauen werden. Unsere Diakonissenhäuser sind teilweise groß geworden. In solch großen Anstalten besteht die Gefahr, daß man nicht mehr genügend Zeit hat für Einzelseelsorge an den Schwestern im Haus und auf den Stationen. Diese Gefahr entsteht teilweise dadurch, daß der Leiter des Werkes die Gesamtseelsorge an den Schwestern zu lange ausschließlich in seiner Hand behält und versäumt, sich rechtzeitig seelsorgerliche Hilfe zu verschaffen. Wird diese Gefahr nicht rechtzeitig erkannt, so kommt der Tod in den Topf. Das geistliche Leben der Schwestern leidet Not, und die Anziehungskraft des Diakonissenhauses nimmt ab.

Ein noch lebender Vorsteher eines kleineren Diakonissenhauses sagte mir vor einigen Jahren: »Ich würde mich vor der Sünde fürchten, die Leitung eines großen Diakonissenhauses zu übernehmen.« So sprach er im Blick auf den Mangel an Einzelseelsorge in einem Schwesternkreise von 800–1000 Personen.

Soll ein Diakonissenhaus Werbe- und Anziehungskraft für den Eintritt neuer, gläubiger Schwestern bewahren, so mache man die seelsorgerliche Pflege und Versorgung der Schwestern im Mutterhaus und auf den Stationen zur Hauptaufgabe. Was da versäumt wird, läßt sich kaum wieder einholen und bringt Siechtum über das ganze Werk. Eine neu eintretende Schwester muß den Eindruck bekommen: »In diesem Hause ist die richtige geistliche Luft für meinen inwendigen Menschen; da kann ich gedeihen.« Fehlt das, dann wird das Haus eine Gefahr für neu eintretende Schwestern, besonders für innerlich schwache. Unsere Diakonissenhäuser sollten an der Regel festhalten: Es wird keine Schwester eingesegnet, von der wir nicht die Überzeugung haben, daß sie ein volles Eigentum ihres Heilandes ist. Weicht man von dieser Regel ab, so bringt man das ganze Werk in Gefahr. Unbekehrte Krankenpflegerinnen mögen in freien Verbänden sein; in Diakonissenhäusern sollte man sie nicht finden.

## Sind Diakonissen eine persönliche Empfehlung ihres Berufes?

Das Gesagte gilt zunächst der Leitung der Diakonissenhäuser. Ich habe aber die Überzeugung, daß die Frage: »Wie gewinnen wir mehr Diakonissen?« vor allem an die Schwesternschaft der Diakonissenhäuser adressiert werden muß. Ich kenne keine bessere Werberin von Diakonissen als eine geheiligte Schwester, die ihr Leben dem Heiland geweiht hat, vor ihm wandelt und glücklich ist in ihrem Beruf. Ich habe Diakonissen kennengelernt, die für Jungfrauen eine lebendige Empfehlung des Diakonissenberufes waren, die überall, wo man sie hinstellte, mit Erfolg für das Mutterhaus geworben haben, vor allem dadurch, daß von ihnen überall Segen ausging. Es gibt keine reinere Werbekraft für den Diakonissenberuf als den Eindruck: Wenn ich diesen Beruf erwähle, so wird mein Leben ein gesegnetes, es wird Nachfolge Jesu.

Wenn nun heute nicht nur Sie , sondern die meisten Mutterhäuser über Mangel an Schwestern klagen, so sehe ich in dieser Klage eine Aufforderung zur Selbstprüfung an alle Diakonissen, die im Dienste stehen. Jede soll sich fragen: »Ist meine Person , mein Wandel und mein Dienst eine Empfehlung des Diakonissenberufes an Jungfrauen? Wird niemand durch mich abgestoßen und entmutigt, ins Mutterhaus einzutreten? Mache ich den Eindruck, daß ich mit voller Hingabe dem Heiland diene und glücklich bin in meinem Beruf?«

Ich bin gewiß, daß, wenn jede Diakonisse eine persönliche Empfehlung ihres Berufes wäre, der Mangel an Schwestern bald bedeutend vermindert wäre. Besonders die von Diakonissen geleiteten Jungfrauenvereine würden Nachwuchs bringen für die Mutterhäuser. Gott mache unsere Diakonissenhäuser zu Pflanzstätten geistlichen Lebens! Dann können sie, wenn unsere modernen Menschen immer bitten: »Gebt uns für das weibliche Geschlecht passende Berufsarten!«, immer erfolgreicher mit dem Rufe erwidern: »Kommt herüber und helft uns!«

## Ein Wort an die Mütter

Zum Schluß möchte ich Ihnen aber noch ins Auge schauen, und da lese ich die stille Frage: »Hast du für eine alte Oberin keinen anderen Trost mehr?« Ich antworte: Doch, ich habe noch einen Trost. Ich richte ein Wort an die Tausende von Müttern, die Töchter haben, und von denen vielleicht doch auch manche diese meine Antwort lesen, und frage sie: »Geht euch der Mangel an Diakonissen nicht zu Herzen?« Wie mache Tochter sitzt müßig am Markt! Für wie viele Töchter würde das Leben viel reicher und für die Ewigkeit bedeutungsvoller, wenn sie die Fabrik mit dem Diakonissenhaus vertauschen würden!

Ihr lieben Mütter, fragt euch ernstlich, ob ihr dem Heiland keine Tochter übergeben sollt zum Dienst an Kranken und Sterbenden! O, möchte die Liebe zum Heiland manches Mutterherz willig machen zu sprechen: »Hier ist mein Kind!« Möchte manche Jungfrau zum Heiland kommen und ihm sagen: »Hier bin ich, sende mich!«

# V.

# Ehe und Familie

# 1. Über Verlobungen

## Eine Verlobung hat nicht die Verbindlichkeit der Ehe

In Erwiderung Ihres Briefes von vorgestern möchte ich Ihnen sagen, daß ich die darin erwähnte Angelegenheit nicht für so schwierig halte, wie Sie meinen. Ich habe unendlich viel mit Verlobungs- und Scheidungsfragen in meiner Seelsorge zu tun gehabt, und war genötigt, mir nach allen Seiten über dieselben klar zu werden. Ich halte es für einen verhängnisvollen Irrtum, wenn man eine Verlobung der Ehe gleichstellen will. Das darf man nicht tun, wenn Verlobung wirklich nur Verlobung ist, d. h. wenn zwei Menschen einander das Versprechen gegeben haben, daß sie sich heiraten wollen.

Sind sie nicht weiter gegangen und kommen zur Einsicht, sie passen nicht zusammen, sie würden sich gegenseitig unglücklich machen, so halte ich eine Entlobung für durchaus erlaubt vor Gott und Menschen. Ich habe schon manches Danksagungsschreiben von Jungfrauen erhalten, in dem mir gesagt wurde, ich hätte durch meine Predigt den ersten Anstoß zur Entlobung gegeben. Ich war in solchen Fällen nicht traurig, sondern dankte Gott von Herzen, weil es sich ausnahmslos um gläubige Jungfrauen handelte, die ihre Verlobung mit ungläubigen Männern auflösten.

Vor ganz kurzer Zeit erhielt ich wieder ein solches Danksagungsschreiben. In diesem wurde mir gesagt, daß nach meiner Predigt, in der ich die Gläubigen vor der Heirat mit Ungläubigen warnte, der Bräutigam über mich und über Gott und sein Wort geschimpft habe. Dadurch entpuppte er sich zum Glück vor der Heirat, und seine gläubige Braut zog sich für immer von ihm zurück. Das war ihre Pflicht vor Gott. Der Fall kommt mir immer wieder vor, daß ein ungläubiger junger Mann heuchelt, sich fromm oder wenigstens verlangend nach Wahrheit stellt und damit eine gläubige Jungfrau betrügt und an sich kettet. Wohl der Jungfrau, die einen solchen Heuchler vor der Heirat durchschaut und ihn abschüttelt! Leider gelingt das nicht immer, und wie manches Mädchen kommt durch den Betrug des Bräutigams in bleibendes Unglück! Solche Männer sind Verbrecher.

## Eine Verlobung ist aber eine sehr ernste Sache

Mit dem Gesagten möchte ich aber nicht den Schein erwecken, als nähme ich es mit der Entlobung überhaupt leicht. Das Gegenteil ist der Fall. Eine Entlobung ist für die Person, die den Anstoß dazu gibt, immer eine Demütigung vor Gott und Menschen. Sie ist ein tatsächlicher Beweis, daß man es vor der Verlobung nicht genau genommen hat mit der Erforschung des Willens Gottes. Das ist Sünde; denn eine Verlobung ist eine sehr erste Sache. Leichtfertige Verlobungen gehören ja zum Jammer unserer Zeit. Man erkundige sich doch genau vor der Verlobung, man bete ernstlich, und tue keinen Schritt, *ehe man des Willens Gottes ganz gewiß ist!* Wer anders vorgeht, versündigt sich. Gewißheit des Willens Gottes bewahrt vor Auflösung der Verlobung.

## Die Geldfrage darf nicht entscheidend sein

Es gibt Entlobungen, die ich ohne weiteres als Sünde bezeichnen muß. Ich habe Fälle gekannt, wo Verlobte ganz glücklich waren und gewiß auch glückliche Eheleute geworden wären. Aber es wurde durch einen Vater oder einen Verwandten die Geldfrage aufgeworfen. Die Mitgift war vielleicht zu klein, und so hat man um des elenden Mammons willen das Band der Verlobten durchschnitten, ohne zu fragen, was die Folgen seien. Das ist in vielen Fällen grausam und durchaus sündig. Natürlich können auch Fälle vorkommen, in denen man milder urteilen muß.

## Die »Standesfrage«

Dann habe ich Entlobungen gesehen, zu welchen die »Standesfrage« die Veranlassung war. Man müßte das Leben nicht kennen, wollte man die Standesfrage gering schätzen oder gar ignorieren. Sollen zwei Menschen zusammenleben und glücklich sein, so müssen ihre Anschauungen, ihre Bedürfnisse, ihre Erziehung und Bildung möglichst harmonieren. Es ist geradezu eine Torheit, wenn man meint, die Frömmigkeit gleiche alle Unterschiede aus. Ich kannte einen einfachen, frommen Arbeiter, der ein lieber Mensch war, aber nur die Volksschule besucht hatte. Er heiratete eine fromme adelige Dame. Die beiden Leutchen waren nie glücklich. Der einfache Bruder genügte seiner gebildeten Frau nicht; das hätten sie vor der Verlobung wissen können.

Also die Standesfrage kommt sehr in Betracht bei einer Verlobung. Ich kann aber nicht zugeben, daß die Standesfrage ein Hindernis der Verlobung oder eine Ursache der Entlobung sein darf, wenn man unter Stand nur Reichtum oder Adel versteht. Beides darf nicht entscheidend sein bei Verlobungen. Sind die Verlobten sich gleich in Begabung, Bildung und Gesinnung, so sind die Grundbedingungen vorhanden für eheliches Glück. Geld und Adel dürfen keine Götzen sein. Natürlich kommen Fälle vor, wie z. B. bei Geschäftsleuten, in denen ein junger Mann auf Vermögen sehen muß.

## Verlobungen, die bindend sind

In unseren Tagen gibt es aber viele Verlobungen, die ich für bindend halte. Wenn ein junger Mann einem Mädchen die Ehe versprochen hat und, wie es leider vor der Eheschließung oft vorkommt, geschlechtlichen Umgang mit ihr hat, so sind sie ein Fleisch geworden und sollen sich nicht wieder trennen. Verläßt ein solcher junger Mann seine Braut, dann ist er ein elender Hurer. Richtige Brautleute, die Gott fürchten, enthalten sich während der Brautzeit. Tun sie es nicht, so stempeln sie selber ihre Verbindung zu einer unauflöslichen. Gerade daran sieht man, daß eine Verlobung eine heilige Sache ist.

Ich bin etwas ausführlich geworden, weil ich weiß, daß Sie in Zukunft noch oft mit diesen Fragen zu tun haben werden. Was nun Ihren speziellen Fall mit N. N. betrifft, so scheint mir dieser, wie ich schon im Eingang sagte, nicht sehr fraglich zu sein. Er hatte längere Zeit Gelegenheit, das Mädchen ganz genau kennen- und schätzenzulernen und gewann sie lieb. Sie ist ja auch ein ganz tüchtiges, begabtes Mädchen, das ihn glücklich gemacht hätte.

Nun wußte er aber, daß sein Vater gegen eine Verlobung mit ihr war, weil sie das Kind einfacher, wenn auch durchaus rechtschaffener Eltern ist und kein Geld hat. Es war begreiflich, daß er mit der Verlobung wartete bis nach des Vaters Tod und sich erst dann mit ihr verlobte.

Wenn er aber nachher unruhig wurde und sich *aus Pietät gegen den Vater entlobte,* so halte ich das für eine Verirrung und für eine Versündigung an dem Mädchen. Seines Vaters Gründe gegen die Verlobung waren vor Gott nicht stichhaltig, sie waren menschlich. Es ist sehr menschlich und sündig, wenn so viele meinen, zwei Verlobte müßten zwei Geldhaufen zusammenbringen. Ein reicher Mann, wie N. N. es tatsächlich ist, könnte doch eine Familie glänzend versorgen. Ich finde es immer schön, wenn reiche junge Männer die Geldfrage in den Hintergrund und die Personenfrage in den Vordergrund stellen. N. N. hätte sich fragen müssen und sollte sich heute noch fragen: »Wie denkt wohl mein Vater in der Ewigkeit über das Geld?« Da wäre sicher die einzig richtige Antwort: »Ganz anders als zu seinen Lebzeiten, er wird das Geld jetzt als ein Hindernis auf dem Wege zum ewigen Leben ansehen.« Betrachtet man die Sache in diesem Lichte, so wäre es die einzig richtige Pietät gegen seinen verstorbenen Vater, das Mädchen zu heiraten. Möchte ihm das klar werden!

# 2. Segen eines christlichen Elternhauses

## Die Gebete der Mutter haben gesiegt

Ihre Nachricht hat mir große Freude bereitet und mich mit Lob und Dank gegen den Herrn erfüllt für seine unwandelbare Geduld, Langmut und Barmherzigkeit, die er an dem Verstorbenen erwiesen hat. Also doch noch gerettet!

Der erste Eindruck Ihres Briefes auf mich war: *Die Gebete seiner seligen Mutter haben gesiegt.* Ich lernte den Heimgegangenen vor vierzig Jahren kennen, zehn Jahre nach der Revolution von 1848, in die er verwickelt war und die ihm beinahe das Leben kostete. Wir waren grundverschieden: Er war erfüllt von Freiheitsideen, und ich stand in der ersten Liebe zum Herrn. Er fand wenig Umgang im Tal, der ihm genügte, und war froh, mit mir verkehren zu können. So kam es, daß wir gemeinsame Krankenbesuche machten, er als Arzt und ich als Patient. Wenn man uns durch das Tal wandern sah, ahnte wohl kein Mensch, welchen Stoff unsere Unterhaltung habe: Es war der Epheserbrief, mit dem ich mich damals beschäftigte. Ich war überrascht, welch richtige Gedanken der junge, fröhliche Doktor damals aussprach und bekam den bestimmten Eindruck, daß er trotz seiner leichten Art noch tiefe Eindrücke vom christlichen Elternhaus im Herzen trug. So entstand eine gewisse Verbindung zwischen uns, die bleibend war.

Unsere Wege gingen dann auseinander. Mich führte der Herr nach Afrika, und er wurde der Begründer eines weltberühmten Kurortes und dadurch ein berühmter Mann. In einem Stück blieben wir verwandt: Ich wandelte im Todesland an der Goldküste elf Jahre lang zwischen Gräbern, und er lebte jahrelang unter Schwerkranken. Fünfzehn Jahre nach meinem ersten Abschied von ihm begegnete ich ihm wieder als Patient, und er behandelte mich einige Monate.

## Unverwischbare Eindrücke

Er war einflußreicher Weltmann geworden, ein guter Gesellschafter und gehörte einem Verwaltungsrat an, in dem ein Atheist das große Wort führte. Und doch, was fand ich bei ihm? Immer noch hatte er einen Zug zu den Pietisten, und Missionare behandelte er oft umsonst. Tief verschüttet durch das Leben in der Welt und mit der Welt, waren in seinem Herzen noch Eindrücke des christlichen Elternhauses, die er nicht los wurde. Ist das nicht ein Wunder der Gnade?

Und was tat Gott in seiner unendlichen Barmherzigkeit? Dem alten kranken Doktor schenkte er am Feierabend noch die Pflege einer frommen Diakonisse, die ihm Gottes Wort las, mit ihm betete und ihn nach einem tatenreichen, aber verfehlten Leben auf Jesus, den Sünderheiland hinwies, den er im Glauben ergriff, so daß er gerettet sterben durfte. Welche Gnade!

Ich danke Ihnen noch einmal herzlich für Ihre Mitteilungen über sein Ende. Ich mußte tagelang über sein Leben nachdenken und habe dadurch mehr als eine heilsame Lektion bekommen. Wie wichtig ist doch ein christliches Elternhaus! Das bleibt die wirksamste Predigt für Kinder. Es gibt so viele christliche Schwätzer, die verheerend wirken auf junge Leute. Weil ihr Leben nicht übereinstimmt mit ihren Worten, so erwecken sie Zweifel bei andern, und viele bekommen die Meinung, das Christentum sei nicht mehr als ein Geschwätz.

Wenn aber Kinder an ihren Eltern die Realität einer christlichen Persönlichkeit jahrelang vor Augen haben, so bekommen sie Eindrücke, die in aufrichtigen Gemütern unverwischbar sind. Welch eine Aufforderung ist diese Tatsache an alle christlichen Eltern, ihre Persönlichkeit vom Geist Jesu durchdringen zu lassen, damit ihre Kinder Anschauungsunterricht haben! Wenn die Mutter von N. ihn besuchte, so hatte sie ihr »Betkämmerlein« auf einem Heuboden. Dort beugte sie ihre Knie und übergab ihren Sohn dem guten Hirten. Sie durfte seine Rettung nicht erleben, aber ihre Gebete wurden erhört. Das ist eine Glaubensstärkung für alle christlichen Eltern, nicht laß zu werden in der Fürbitte für die Kinder. Gebet und Vorbild sind die Hauptmacht für Kindererziehung.

## Nur selig?

Als weiterer Punkt im Leben von N. ist mir wichtig geworden seine mannigfache Berührung mit gläubigen Christen, die Gott ihm schenkte; das war besondere Gnade. Wie viele Kinder Gottes hat er ärztlich behandelt! Dann hatte er jahrelang Begegnung mit dem greisen, jugendfrischen, kindlich gläubigen benachbarten Pfarrer und mit zwei anderen Freunden, die ihm die völlige Hingabe an das Werk des Herrn vorlebten. Solche Beziehungen waren freilich eine große Verantwortung, ja eine Anklage für ihn. Sie waren aber, gottlob, noch mehr, sie waren immer wieder ein Anklang an seine Jugenderinnerungen, so daß sein Gewissen nicht ersterben durfte. Letzteres bewies ein Wort, das er einem meiner Freunde im Alter sagte: »Sie haben viel Frucht gebracht, und ich habe keine gebracht«, während er doch vor den Augen der Welt viel geleistet hatte.

O, wie wichtig sind doch alle unsere Begegnungen mit andern Menschen! Jeder Eindruck, den wir machen, hat seine Bedeutung zum Guten oder zum Bösen. Ich habe Menschen gekannt, die durch ihre Reden tiefen Eindruck machten und nachher durch salzlose Privatunterhaltung wieder alles zerstörten. – Der Herr lasse uns nie vergessen, daß wir auf dem Wege nach der Ewigkeit sind, damit wir unser Licht leuchten lassen!

Ich möchte aber meinen Brief nicht schließen ohne den Ausdruck eines tiefen Schmerzes. Man liest oft an einer Zimmerwand: »Nur selig.« Da möchte ich heute hinzusetzen: ja, »aber *nicht durchs Feuer«* (1. Kor. 3, 15). Viel besser ist »ein *reichlicher Eingang* in das ewige Reich unseres Herrn und Heilandes Jesu Christi (2. Petr. 1, 11). Es bleibt doch schmerzlich, wenn ein reich begabter Mensch am Schluß seines Lebens sehen muß, daß sein ganzes Lebenswerk verbrennt, er zwar noch gerettet wird, aber ohne Frucht in der Ewigkeit ankommt. Wohl allen, die sich früh zum Herrn bekehren, ihm ihr Leben weihen und viel Frucht bringen, die bleibt!

# 3. Sehnsucht nach Kindersegen

## Warten auf Kindersegen

Als Vater einer großen Familie fühle ich tief mit Ihnen, wenn der Seufzer immer wieder aus Ihrem Herzen aufsteigt: »Herr, schenke uns Kinder!« Trotz aller modernen Stickluft spreche ich von ganzem Herzen mit Psalm 127, 3: »Kinder sind eine Gabe des Herrn«, und ich freue mich, wenn junge Eheleute sich nach dieser Gottesgabe sehnen.

Für ein durch den Geist Gottes geschärftes Gewissen ist es geradezu entsetzlich, sehen zu müssen, wie viele Eheleute heutzutage entweder keine oder möglichst wenige Kinder haben wollen. Ja, noch mehr, man hält Eltern, die eine Kinderschar haben, für töricht oder gar für besonders sündig. Letzteres geschieht von rechts, nicht von links. So wird Gottes Ordnung von allen Seiten angetastet. Schaut man dann hinter den Vorhang bei solchen Menschen, so sieht man mit Entsetzen, wieviel Unreinigkeit und krasse Selbstsucht mit solcher Gesinnung verbunden ist. Ja, das Familienleben unseres Volkes ist im Sinken begriffen, und es tut not, daß unsere Posaune gerade auf diesem Gebiet einen klaren Ton gebe.

Ich möchte Sie und Ihre liebe Frau damit trösten, daß mehrere meiner persönlichen Freunde jahrelang auf Kindersegen warten mußten und schließlich ihres Herzens Wunsch doch noch erfüllt wurde. Das kann der Herr auch bei Ihnen tun. Sollte es ihm aber wohlgefallen, Ihnen diese Freude zu versagen, so darf es Sie nicht unzufrieden und unglücklich machen. Auch in diesem Stück muß es heißen: »Wie Gott mich führt, so will ich gehen.«

Es gibt keine Lücken, die der Herr nicht ausfüllen kann und will. Ich kannte Eheleute, die große Freude erlebten an einem angenommenen Kind, und ich traf andere, die viel Herzeleid hatten mit einem solchen Kinde und bekennen mußten, sie verstünden jetzt, warum ihnen Gott keine Kinder geschenkt habe; sie hätten nicht die Gabe gehabt, sie zu erziehen. Freilich ist es schwerer, ein einziges Kind zu erziehen, ob es eigen oder angenommen sei, als mehrere Kinder. Je mehr wir unsern Gott kennenlernen in seiner vollkommenen Weisheit und Liebe, desto mehr können wir Amen sagen zu allen seinen Wegen, die er uns führt.

Wir wollen von Herzen dankbar sein, daß der Herr uns in seinen Dienst berufen hat, und es zur ständigen Bitte machen, daß er uns viele geistliche Kinder schenke, Seelen, die wir dem Lamme zuführen dürfen. Es ist mir immer eine innige Freude, wenn ich Menschen treffe, die durch mein Zeugnis den Heiland fanden. Diese stille Freude wünsche ich Ihnen und Ihrer lieben Frau reichlich, damit Sie einst mit Lob und Anbetung vor seinem Angesicht sprechen dürfen: »Siehe da, ich und die Kinder, die du mir gegeben hast.«

# 4. An entzweite Ehegatten

### »Wir passen gar nicht zusammen!«

Es tut mir leid, durch Ihre letzten Briefe zu vernehmen, daß Sie nach siebenundzwanzigjähriger Ehe so im Unfrieden leben und einander gar nicht mehr verstehen. Wo liegt der Fehler? Er liegt sicher bei einem jeden von Ihnen. Ich weiß ja wohl, daß Sie sehr verschieden sind, so verschieden wie Ihre beiderseitige Heimat. Der Bewohner am Niederrhein ist ein ganz anderer Mensch als der Schweizer im Hochgebirge, und es ist psychologisch interessant, daß Sie, liebe Frau N., gerade jetzt aus Ihrer alten Heimat, im Anblick der Gebirge mit ihren Schneegefilden solche Briefe an Ihren Mann geschrieben haben. Die alte Liebe zur Poesie und Kunst hat Ihre Seele wieder so mächtig erfüllt, daß Sie die prosaischen Briefe Ihres Mannes, der gerade jetzt tief im Geschäft steckt, kaum lesen mochten und zu dem traurigen Schluß kamen: »Wir passen gar nicht zusammen.« Dieser Eindruck wäre schon als stiller Gedanke schlimm genug, daß Sie ihn aber wiederholt Ihrem Mann gegenüber aussprachen, ist sehr bedenklich. Nach so langer ehelicher Verbindung sollte so etwas nicht vorkommen.

Es konnte gewiß nur deswegen geschehen, weil vieles vorangegangen ist und in Ihrem bisherigen Verhältnis ein gewisses Etwas fehlte. Wenn ich wiederholt Ihr Empfangszimmer betrat, so sah ich überall, wo ich hinblickte, die Spuren Ihrer Kunstliebe und Ihrer poetischen Ader. Daraus konnte ich nicht den Schluß ziehen, daß Ihr Mann gar nicht auf Sie eingeht.

Sehe ich Sie beide aber genau an, so ist es mir ganz klar, daß Unterschiede zwischen Ihnen vorhanden sind, die nie verschwinden werden. Sie sind in den Alpen geboren und haben offenbar nach Ihrer ganzen Anlage von Jugend auf Begeisterung für alles Schöne. Ihr Mann ist am Niederrhein geboren, steht seit seinem sechzehnten Jahr im kaufmännischen Beruf und hat sich entwikkelt zu einem tüchtigen Geschäftsmann. Er beschäftigt sich Tag für Tag mit Zahlen, und Sie beschäftigen sich, so weit Ihre Haushaltung es gestattet, mit Kunst. Ihre Überzeugung ist also ganz richtig: »Mein Mann und ich sind zwei ganz verschiedene Leute.« Aber Sie dürfen nach siebenundzwanzigjähriger Ehe und angesichts Ihrer erwachsenen Kinder nicht hinzusetzen: »Wir passen gar nicht zusammen.« Wenn Sie ihm als Brautwerber das erklärt hätten, so würde niemand Sie getadelt haben. Jetzt ist es zu spät, und Sie versündigen sich damit an Gott und an Ihrem Mann.

## Füreinander danken!

Sie müssen Ihren Mann nehmen, wie er ist, wie Gott ihn gemacht hat, und er muß Sie nehmen, wie Sie sind, wie Gott Sie gemacht hat. Das ist das einzig richtige. Damit ist auch die gegenseitige Anerkennung ausgesprochen, ohne die es keine wahre eheliche Liebe gibt. Ich bitte Sie und Ihren Mann, das zu tun. Ihr Mann ist ein sehr tüchtiger Mann. Welch schönes Heim hat er Ihnen bereitet, in welch angenehmen Verhältnissen leben Sie mit Ihren Kindern! Wie gut haben Sie es äußerlich, viel besser als manche Künstler und Dichter! Es ist ein Fehler von Ihnen, wenn Sie das nicht täglich dankbar anerkennen und sich nicht immer wieder sagen: Das habe ich alles meinem Mann zu verdanken.

Sehen Sie doch auf tausend andere, die in dürftigen Verhältnissen und in Armut leben und fangen Sie an, Gott für Ihren Mann zu danken! Sie müssen doch gestehen, daß er Ihnen all diese Jahre ein treuer, gemütvoller Gatte und den Kindern ein liebevoller Vater war, dem das Wohl der ganzen Familie am Herzen lag. Wollten Sie das vergessen, so würden Sie sich schwer versündigen. Hüten Sie sich, in Ihrer geistigen Umgebung von Kurgästen, sich von einem Herrn begeistern zu lassen, der Ihnen Ihren Mann verdunkelt! Das wäre Ihr Unglück und würde das Lebensglück Ihrer ganzen Familie zerstören.

Ihr Mann darf nie vergessen, was er an Ihnen als Gattin bisher hatte. Wie viele schöne Stunden haben Sie ihm nach des Tages Last und Hitze bereitet! Wie oft haben Sie ihn im Gemüt gehoben, wenn die Last des Geschäftes ihn drückte! Wieviel haben Sie geleistet in der Kindererziehung, für die er so wenig Zeit hatte, und wie tapfer haben Sie sich gehalten, als der Konkurs von N. wie eine Gewitterwolke über dem Haupte Ihres Mannes schwebte! Wenn ich Sie mir vorstelle, so kann ich nicht glauben, daß Sie im tiefsten Grunde der Herzen einander böse sein wollen. Darf ich Ihnen sagen, was Ihnen fehlt?

## Auf Golgatha werden auch Ehen neu!

Sie beide sind ja rechtschaffene, kirchliche Leute, Ihr Mann ist sogar Kirchenältester. Sie haben von jeher den Morgen- und Abendsegen in der Familie gelesen. Das ist alles schön und gut. Aber eines hat Ihnen offenbar Ihre kirchliche Stellung nicht geben können: das gemeinsame Erlebnis, das zwei ganz verschieden veranlagte Menschen völlig und für ewig verbinden kann.

Wie heißt dieses Erlebnis? Es ist ein zerbrochenes und zerschlagenes und im Blute des Lammes völlig begnadigtes Herz. Nur auf Golgatha wird das heilige Band um zwei Ehegatten geschlungen, das ihre Herzen in heiliger Liebe verbindet. Es mußte so kommen bei Ihnen, wie es in den letzten Wochen kam. Sie mußten vor Gott und sich selbst völlig zuschanden werden mit Ihrer natürlichen Liebe, damit Sie endlich arme, demütige Sünder werden, die sich in den Staub beugen vor Gott und nicht ruhen, bis sie glauben können, daß das Blut Jesu Christi, des Sohnes Gottes, sie rein macht von aller Sünde.

Wenn Ihr Mann nächste Woche zu Ihnen kommt, so lesen Sie diesen Brief zusammen! Gehen Sie in die Stille und betrachten Sie Ihren bisherigen Ehestand im Lichte des Kreuzes Jesu Christi! Dann werden die Schuppen von Ihren Augen fallen, und Sie werden so viel Ursache finden, sich zu demütigen vor Gott, daß Sie gar nicht anders können, als gemeinsam um Vergebung zu bitten. Der Herr schenke Ihnen gemeinsame Gnade und verbinde Sie in ihm in unwandelbarer Liebe!

# 5. An eine eifersüchtige Frau

In Erinnerung an unsere Unterredung möchte ich Ihnen noch einmal schreiben. Es tut mir leid für Sie und Ihren Mann, daß Sie es ihm gegenüber in der Eifersucht so weit haben kommen lassen. Bis zu einem gewissen Grad kann ich mir Ihren Zustand erklären. Sie fühlen immer wieder die Verschiedenheit des Charakters von Ihnen und Ihrem Mann: Er hat eine freundliche, liebevolle Art, und Sie werden leicht heftig und leidenschaftlich. Die Folge ist, daß die Menschen ihn gerne haben, während sie durch Ihre Art oft abgestoßen werden.

In den ersten Jahren Ihrer Ehe kam Ihnen das weniger zum Bewußtsein; aber nach und nach regte sich bei Ihnen der Neid, wenn man Ihrem Mann herzlicher begegnete als Ihnen. Hätten Sie klar gesehen, daß nicht nur das weibliche Geschlecht, sondern auch die Männer sich freundlicher zu Ihrem Mann stellen als zu Ihnen, so wären Sie zu der richtigen Erkenntnis gekommen, daß Ihr Mann mehr Liebe erntet, weil er mehr Liebe sät als Sie. Daraus hätten Sie dann den richtigen Schluß ziehen können, Sie müßten freundlicher, liebenswürdiger werden. Aber der Neid hat Ihren Blick getrübt und artete in Eifersucht aus. Es ist so weit gekommen, daß Ihr Mann kaum noch eine Dame freundlich grüßen kann, ohne bei Ihnen in den Verdacht der Untreue zu kommen. Das ist ein schrecklicher Zustand für Sie und Ihren Mann, und ich sage Ihnen in allem Ernst, es darf und kann nicht so bleiben; dieser Eifersuchtsdämon muß weichen.

Wenn eine Frau ihren Mann ruinieren will, so muß sie es treiben wie Sie. Fortwährendes Mißtrauen einer Gattin gegen ihren Mann, verbunden mit Vorwürfen, kann ihn so weit bringen, daß er die Liebe, die er bei seiner Frau nicht findet, auf verbotenem Wege sucht. Wenn Ihr Mann nicht ein durch und durch edler Mensch wäre, so könnten Sie bedenkliche Erfahrungen gemacht haben. Er hat Sie aber bisher mit großer Geduld getragen und Ihnen Ihre Beschuldigungen immer wieder vergeben.

Die Bemerkung Ihrer Tante halte ich für verkehrt und geradezu für verhängnisvoll. Man darf einer Frau, die wie Sie in Eifersucht lebt, nicht sagen: »Du hättest deinen Mann nie heiraten sollen, ihr paßt nicht zusammen.« So ein Wort kann die Herzen nur noch mehr entfremden. Gewiß reiben sich Ehegatten von gleichem Charakter weniger als solche mit verschiedenem Charakter. Aber ich habe sehr oft die Beobachtung gemacht, daß gerade Ehegatten mit sehr verschiedener Art einander zu großem Segen geworden sind. Die Liebe hat die Verschiedenheit zu gegenseitiger Ergänzung und wunderbarer Harmonie gebracht. Darum glaube ich auch nicht, daß nur zwei gleiche Charaktere einander heiraten sollen. Es ist Gottes Wille, daß Eheleute verschieden seien, damit sie in Liebe voneinander lernen und sich gegenseitig erziehen für das Himmelreich.

Ich danke Gott um Ihretwillen, daß ich Ihren Mann und die zwei Damen, auf die Ihr Haß besonders gerichtet ist, genau kenne und Sie versichern kann, daß Sie in Täuschung leben und Ihrem Mann und den beiden Damen bitter Unrecht tun. Dieser Zustand muß Ihnen zur Sünde werden; denn nur dann werden Sie frei von der betrügerischen Macht der Eifersucht. Fangen Sie von vorne an!

Jeder Mensch hat seine Art von Natur. Nicht das, was er ererbt hat, ist Tatsünde; sondern seine verkehrte Entwicklung ist Tatsünde. Das gilt auch Ihnen. Denken Sie zurück an Ihre Jugendzeit, an Ihr Zusammenleben mit Eltern, Geschwistern und Freundinnen! Sie werden bei aufrichtiger Prüfung vor Gott finden, daß Sie schon früher hochmütig, widerstrebend, empfindlich und selbstsüchtig waren, trotz der mancherlei Gnadenzüge, die Sie erfahren haben. So hat sich durch Ihre eigene Schuld Ihr gegenwärtiger Charakter gebildet. Es fehlt Ihnen die Demut, die selbstlose und sich selbst verleugnende Liebe Ihrem Mann und anderen Menschen gegenüber. Natürlich macht sich dieser Mangel im ehelichen Leben am meisten fühlbar. Dadurch müssen Sie jetzt zu gründlicher Selbsterkenntnis und Buße vor Ihrem Gott kommen.

Ich bitte Sie herzlich, fangen Sie an, Selbstgericht an sich zu üben! Hören Sie auf, Ihren Mann ungerechterweise zu beschuldigen und zu quälen! Nehmen Sie die Schuld auf sich, demütigen Sie sich gründlich vor Gott und bitten Sie ihn um Vergebung! Lassen Sie sich auch das viele Ärgernis auf das Gewissen fallen, das Sie Ihren Kindern durch Ihr trauriges eheliches Verhältnis gegeben haben! Ihres Mannes Liebenswürdigkeit darf Sie nicht mehr reizen, sie muß Sie im Gegenteil beugen und zur Nachahmung veranlassen. Dann wird der Herr Ihnen alle Fehler vergeben, und der Gott, der die Liebe ist, wird Ihr liebearmes Herz mit Liebe erfüllen und Sie unaussprechlich glücklich machen an der Seite Ihres Mannes.

O, wie werde ich mich freuen, wenn ich bald hören darf: »Das Alte ist vergangen; es ist alles neu geworden!« Der Herr helfe in Gnaden dazu!

# 6. An einen Vater, der viel von Hause abwesend ist, über Kindererziehung

## Gott kann auch in der Kindererziehung wunderbar durchhelfen

Sie schreiben mir, weil Sie voraussetzen, ich verstehe Ihre Lage. Das ist auch der Fall. Ihr Beruf bringt viele Reisen mit sich, und es wird Ihnen immer wieder schwer, wenn Sie sich sagen müssen, die Kindererziehung liege hauptsächlich auf Ihrer Frau.

Es sind nun 38 Jahre verflossen, seit ich und meine Frau von Afrika zurückkamen. Wir brachten zwei kleine Kinder mit nach Europa, zu denen nachher acht weitere kamen; von diesen starb eines. Wir haben also neun Kinder erzogen, die gottlob heute noch leben. Mein Leben war seit unserer Rückkehr nach Europa fast ununterbrochen ein Reiseleben, weshalb die Erziehung unserer Kinder hauptsächlich in der Hand meiner Frau lag.

Mein Reiseleben war nicht etwa meine Liebhaberei. Im Jahre 1879 nahm ich die Predigerstelle bei der Evangelischen Gesellschaft in Bern, hauptsächlich um meiner Kinder willen, an. Ich wollte nicht mehr reisen, sondern meine Kinder erziehen. Aber nach kurzer Pause in Bern zeigte mir Gott unmißverständlich, meine Lebensaufgabe sei Reisepredigt. Hat Gott einen Vater zum Reisen bestimmt, wie das auch bei Ihnen der Fall ist, dann übernimmt er damit auch die Sorgen der Kindererziehung, natürlich mit der Voraussetzung, daß die Eltern ihre Pflicht erfüllen. Mein jüngstes Kind ist 22 Jahre alt; es sind also alle neun Kinder erwachsen.

Schaue ich heute zurück auf die letzten vierzig Jahre, so stehe ich tief beschämt und tief gebeugt da im Anblick der wunderbaren Durchhilfe unseres Gottes in der Erziehung unserer Kinder. Ich bekenne, es hat manche Not gegeben. Aber wir haben Gott erfahren als den, der das Schreien der Elenden erhört und ihr Vertrauen nicht zuschanden werden läßt. Dürfen andere Väter, die immer zu Hause sind, durch Gottes Gnade begründete Hoffnung haben, daß alle ihre Kinder selig werden, so darf ich sie auch haben, und dafür geben meine Frau und ich Gott allein die Ehre. Wir danken ihm ganz besonders auch für alle demütigenden Erfahrungen in der Familie.

## Einige hilfreiche Winke

Das Gesagte soll Ihnen zum Trost und zur Ermunterung dienen im Blick auf Ihre Kinderschar. Nun wünschen Sie aber einige Winke für sich und Ihre liebe Frau, die ich Ihnen gerne gebe. Die erste Bedingung einer gesegneten Kindererziehung ist die, daß Vater und Mutter nicht nur *eins* sind im Herrn, sondern auch in den Grundsätzen der Kindererziehung. Die Kinder müssen beständig den Eindruck bekommen, daß sie von Vater und Mutter gleich behandelt werden. Erfolgreiche Kindererziehung ist unmöglich, wenn die Mutter die Kinder verhätschelt und der Vater streng ist.

Die Stärke der Eltern in der Erziehung der Kinder muß weiterhin in ihrer täglichen Fürbitte für dieselben liegen. Nur betende Eltern können ihre Kinder für den Herrn erziehen, nur von betenden Eltern können Kinder beten lernen. Gottes Wort muß die Macht im Hause sein, unter die die Familie sich beugt. Nur wo das der Fall ist, kann man mit Erfolg Gehorsam von den Kindern verlangen. Die Kinder müssen den gottseligen Wandel der Eltern vor Augen haben und sehen, daß ihr Christentum Tat ist; denn nebst der Fürbitte ist das Vorbild der Eltern die Hauptsache in der Erziehung. Zu diesem Vorbild gehört vor allem herzliche eheliche Liebe der Eltern. Die Kinder dürfen keinen Zank bei den Eltern sehen.

Ist der Vater viel abwesend von zu Hause, so darf die Mutter nicht eine Menge Klagen ansammeln, damit der Vater den Büttel mache nach seiner Rückkehr. Die Kinder bedürfen des Vaters Liebe, wenn er nach Hause kommt. Sie sollen sich freuen, ihn wiederzusehen. Macht ein Kind besondere Schwierigkeiten in der Erziehung, so läßt es sich überlegen, ob es nicht besser sei, es zeitweilig unter eine fremde, feste, christliche Hand zu geben. Man tue das aber nur im Notfall, wenn die Autorität der Mutter nicht ausreicht. Macht ein Kind anhaltend Not, so halte man an am Gebet und Flehen für dasselbe. Man werde nicht weich gegen dasselbe, verliere aber auch die Geduld und die Liebe nicht. *Man gebe ein Kind nie auf.* Nur anhaltender Glaube, nur anhaltende Liebe und Geduld tragen den Sieg davon. Dieser Sieg ist die herrlichste Erfahrung für Elternherzen.

Kommt die Zeit, in der die Kinder das Elternhaus verlassen müssen, so sehe man vor allem darauf, daß sie unter keinen ungläubigen, gottlosen Einfluß kommen, so weit Menschen es verhüten können, und bleibe in beständiger Verbindung mit ihnen. Hat man viele Kinder, wie Sie auch, so gibt es auch viele Sorgen. Dabei dürfen wir aber nie vergessen, daß Gott uns Eltern durch die Kinder erzieht und daß in den größten Demütigungen der größte Segen liegt. Wir würden es nicht ertragen, wenn alles glatt ginge. Darum danke ich Gott von ganzem Herzen für Freude und Leid meines Familienlebens. Keine Schule im Leben ist zu vergleichen mit der Schule der Familie. Gott segne und behüte Sie und Ihr ganzes Haus!

# 7. An einen nervösen Vater

Gestern war Ihr ältester Sohn bei mir und schüttete sein Herz bei mir aus. Aus seinen Mitteilungen entnahm ich, daß Sie sehr stark an Nervosität leiden, leicht aufgeregt und zornig werden und sich Ihren Kindern und auch Ihrer Frau gegenüber zu Äußerungen hinreißen lassen, die bedenkliche Folgen haben. Ich bedaure Ihre Nervosität sehr und bin gewiß, daß Sie selbst schon oft darüber geseufzt haben; ich kann auch mit jedem fühlen, der an dieser Schwachheit leidet. Wenn ich mir als Freund Ihrer Familie erlaube, Ihnen einige Zeilen zu schreiben, so geschieht es nicht, um zu kritisieren, sondern um Ihnen in Liebe zu dienen.

Zunächst möchte ich Ihnen raten, alles zu tun, was zur Beruhigung Ihrer Nerven beitragen kann. Sie sollten Ihre Nachtarbeit beschränken. Ich kenne die Versuchung, bis in die späte Nacht hinein am Schreibtisch sitzenzubleiben. Ich habe es leider jahrelang auch so getrieben und dadurch mein Nervensystem schwer geschädigt. Sind die Nerven überhaupt einmal erregt, so ist es unbedingt nötig, daß wir Maß halten mit geistiger Arbeit. Es liegt das im Interesse der Arbeit und auch unseres inneren Lebens. Ich bekomme immer Angst, wenn mir die nötige Ruhe fehlt. Dann rate ich Ihnen auch entschieden, allen Alkohol zu meiden, er schädigt die Nerven. Ich habe durch längere Erfahrung gefunden, daß ich viel leistungsfähiger bin, wenn ich ohne Alkohol arbeite. Ich komme viel weiter mit einer Tasse Tee, der auch nicht stark sein darf.

Bei Erteilung dieser Ratschläge weiß ich wohl, daß Ihre Nerven noch bessere Beruhigungsmittel brauchen. Fehler, die man in der Familie durch Aufregung macht, sind immer eine große Demütigung. Werden dadurch die Herzen entzweit, so sind die üblen Folgen unberechenbar.

Wie ich sehe, so haben Sie durch Ihre Aufregung Ihren Kindern schon viel geschadet und die Stellung Ihrer Frau sehr erschwert. Ich möchte Sie daher herzlich bitten, sich darüber vor Gott gründlich zu beugen. Tun Sie das zunächst für sich in der Stille! Ist das geschehen, so demütigen Sie sich auch vor Ihrer Frau und bitten Sie sie herzlich um Verzeihung! Dann wird es sehr heilsam auf Ihre Kinder wirken, wenn Sie im Gebet in der Hausandacht Ihre Sünde vor Gott bekennen, sich vor den Ohren Ihrer Kinder gründlich demütigen und Gott um Vergebung bitten. Wenn Sie nach solcher Hausandacht jedem Kinde einen Kuß geben, wird die Luft in der Familie gereinigt, und die Herzen werden wieder mehr vereinigt. Fürchten Sie nicht für Ihre väterliche Autorität, wenn Sie diesen Weg gehen; Sie werden an Achtung gewinnen.

Wenn Sie diesen meinen Rat im Ernst befolgen, so werden Sie selbst finden, daß Sie bisher im Gebet viel versäumt haben. Über Sünden, die mit unserem Leibe zusammenhängen, wie Heftigkeit und Zorn, werden wir nur durch tägliches Gebet Herr. Nur vor dem Angesicht Gottes finden wir die Demut, die Ruhe und die Liebe, durch die das Feuer der Natur gedämpft wird, damit wir täglich als Kinder des Friedens in der Liebe wandeln können. Der Herr lasse Sie erfahren, daß seine Lebensgemeinschaft das bewährteste Nervenmittel ist, das den Geist Ihrer Familie völlig erneuern kann!

# 8. An einen bekümmerten Vater

Von einem sehr hochgestellten Vater hörte ich, daß er in *einer* Nacht graue Haare bekommen habe wegen des Leichtsinns seines Sohnes, der ihn nötigte, in jener Nacht in eine Universitätsstadt zu reisen, um die Familienehre zu retten. Dieser Fall zeigt uns, daß das königliche Schloß die Kindersorgen so gut kennt wie das einfache Arbeiterhäuschen. Auch Ihr Vaterherz ist seit Jahren durch diese Sorge beschwert; und nun sind Sie in Gefahr, den Glauben zu verlieren, weil Sie meinen, Gott erhöre Ihre Gebete um die Bekehrung Ihres Sohnes nicht, obschon Sie ihm immer wieder seine Verheißungen vorhalten.

Ich müßte nicht Vater sein, wenn ich nicht mit Ihnen fühlen könnte. Ich weiß wohl, welch eine Glaubensübung es ist, jahrelang um Bekehrung eines Kindes zu beten und keine Spur der Erhörung zu sehen. Aber, mein Lieber! Weil ich mein eigenes Herz kenne, so muß ich Ihnen in Liebe offen sagen, warum Sie in Gefahr sind, an Gott irrezuwerden und das Vertrauen wegzuwerfen. In Ihrem Herzen ist noch vorborgener Hochmut, der sich empört, daß Gott Sie so lange warten läßt. In Ihrer Lage kann nur eines vor dem Zusammenbruch des Glaubens bewahren: gründliche, herzliche Demut.

Solange es in meinem Herzen heißt: »Herr, ich habe es verdient, daß du mich so lange auf Erhörung warten lässest«, habe ich keine Gefahr. Ich weiß, ich muß mich noch mehr beugen und muß weiter harren. Lieber Bruder! »Hinab geht Christi Weg.« Es muß bei uns so weit kommen, daß wir keine Ansprüche mehr an Gott machen, sondern die tiefe Überzeugung im Herzen tragen: Jede Gebetserhörung ist lautere, freie, unverdiente Gnade. Auf diesem Demutsgrunde erwächst der ausharrende Glaube, der Glaube Abrahams und des kanaanäischen Weibes.

Ich bitte Sie herzlich, stellen Sie sich auf diesen Grund! Dann werden Sie aufs neue die Zuversicht gewinnen: Der Herr wird mich nicht zuschanden werden lassen. Wenn wir die Lektion gelernt haben, die gelernt sein muß, dann kann der Herr mit seiner Hilfe erscheinen. Gott ist der Vater der Barmherzigkeit, er ist die

Liebe. Aber er ist auch ein Schmelzer, der seine Kinder reinigt, bis er sein Bild sieht. Der Herr schenke Ihnen vermehrte Gnade zum Warten und zum Vertrauen! Er tröste Ihr Herz und beuge Ihren Sohn, damit des Vaters Schmerz bald in Freude verwandelt werde! Darum will auch ich bitten.

# 9. Wie lange soll ich einen verlorenen Sohn halten?

## Keine Lage ohne Trost und Hoffnung

In Ihrem letzten Brief stellen Sie eine Frage an mich, die mich nicht nur als Seelsorger, sondern auch als Vater tief berührt hat. Zunächst spreche ich Ihnen meine herzliche Teilnahme aus, daß Sie von einem »verlorenen Sohn« reden müssen. Diese Erfahrung gehört zum Schwersten, was Eltern erleben müssen. Es mag Sie aber trösten, daß es keine Lage im Leben gibt, in der uns die Schrift nicht Trost und Hoffnung bietet. Es gibt wohl keinen Abschnitt im ganzen Neuen Testament, der Eltern, die über verlorene Kinder weinten, mehr zum Segen wurde, als das Gleichnis vom verlorenen Sohn. Die Ewigkeit wird das einmal offenbaren. Der bußfertige Schächer am Kreuz hatte ja auch Eltern. Wenn wir die Geschichte seines Elternhauses kennen würden, so fänden wir wohl auch dort viel Kummer und Seufzen über einen Sohn, der die Verbrecherlaufbahn einschlug. Aber wie der verlorene Sohn in Lukas 15 noch gerettet wurde, so wurde auch der Schächer am Kreuz in der zwölften Stunde noch gerettet. Und diesen zwei trostreichen Beispielen könnte man tausend andere beifügen. Ich bitte Sie deshalb, verzagen Sie nicht, sondern glauben und hoffen Sie!

## Der Segen durch unbekehrte Kinder

Es ist mir bange für jedes verlorene Kind; aber am meisten für das, welches keine betenden Eltern hat. Verirrte Menschen, für die niemand betet, gehören zu den ärmsten Menschen. Hat ein Kind betende Eltern, so gebe ich die Hoffnung nicht auf. Ich habe sechs Söhne und drei Töchter erziehen helfen. Als noch keines meiner Kinder erzogen war, sagte mir einmal die fromme Frau eines englischen Lords: »Alle meine Kinder sind gläubig; ich habe die Verheißung in Apostelgeschichte 16, 31 immer festgehalten:

›Glaube an den Herrn Jesum Christum, so wirst du und dein Haus selig.‹« Ich danke jener Dame heute noch für jenes Wort. Ich habe es in den letzten 46 Jahren festgehalten und bin nicht zuschanden geworden. Dem Herrn sei Lob und Dank!

Als süddeutsche Brüder vor Jahren sahen, daß ich überall volle Kirchen hatte, da bekamen sie Angst, ich müsse hochmütig werden, und man sagte es mir ins Gesicht hinein. Was half mich bewahren vor Hochmut? Mehr als irgend etwas anderes (die Zucht des Geistes Gottes ausgenommen) die Sorge um die Bekehrung meiner neun Kinder. Natürlich hatten meine Zuhörer keine Ahnung davon, wenn ich eine Stunde, ehe ich auf die Kanzel ging, meinem Vaterherzen noch Luft machte vor dem Gnadenthron für ein Kind. Wenn mich das Geschrei der letzten Jahre vom *reinen Herzen* gar nicht berührte, wem habe ich es mit zu verdanken? Der Erfahrung in meiner Familie! Tausende von Eltern würden schwerlich selig, wenn ihnen Gott nicht ein unbekehrtes Kind gäbe. Durch letzteres demütigt er sie und lehrt sie beten. Man wird einmal staunen am Tage des Herrn, wenn man sehen wird, wie viele Eltern gerettet worden sind durch unbekehrte Kinder.

## Erhalten und halten

Wenn Sie mich nun fragen, wie lange Sie Ihren bis jetzt verlorenen Sohn zu *halten* suchen sollen, so erlaube ich mir, statt des Wortes »halten« zwei Worte zu setzen: *erhalten* und *halten;* denn beides liegt in Ihrer Frage. Verlorene Söhne kosten leider immer viel Geld, und es kommt ein Zeitpunkt, wo auch der liebevollste Vater gewissenshalber genötigt ist, zu fragen: Soll ich länger für meinen Sohn bezahlen?

Auf diese Frage gibt es selbstverständlich keine Antwort, die für alle Fälle passen würde. Steht ein Vater vor dieser Frage, so ringen bei ihm miteinander einerseits die Liebe, vielleicht weichliche Liebe, und andererseits der Verstand und das Gewissen. Man sagt sich, es kann verhängnisvoll werden, zum Ruin meines Kindes führen, wenn ich nicht mehr bezahle, und auf der anderen Seite fragt man sich, ob weitere Unterstützung den Sohn nicht bestärkt in seinem Leichtsinn. Ist man in letzterer Überzeugung gewiß geworden, so muß die Liebe hart werden. Das *Erhalten* des Sohnes muß aufhören, damit er die nackten Folgen seines Leichtsinns zu schmecken bekommt. Vielleicht führen diese zur Selbstbesinnung.

Aber auch dann, wenn das *Erhalten* aufhört, darf das *Halten* nicht aufhören, d. h. die Liebe darf nicht aufhören. Die Eltern dürfen ein Kind nicht aufgeben, solange Gott ihm Gnadenzeit schenkt. Sie können dem Kind die Hand verschließen müssen; aber das Herz und das Haus dürfen sie ihm nicht verschließen. Elternliebe ist das letzte Band, das ein Kind noch halten kann. Wird auch dieses Band gelöst, so ist wenig Hoffnung für ein verlorenes Kind. Es gibt Fälle, in welchen es sehr schwer wird zu lieben: Die Untreue und Schlechtigkeit eines Kindes scheint zu groß zu sein. In solchen Fällen muß das Erbarmen im Vordergrund stehen.

Hört bei Eltern die Liebe und die Barmherzigkeit einem Kinde gegenüber auf, so haben sie keine Kraft und keinen Trieb mehr zur Fürbitte, und die Fürbitte aufgeben heißt ein Kind überhaupt aufgeben. Das dürfen wir aber nicht. Die Stunde mag kommen, wo wir ratlos sind. Auch dann muß eines bleiben: die barmherzige Liebe, die sich äußert in anhaltender Fürbitte. Jener verlorene Sohn sagte: »Meines Vaters Gebete umgeben mich wie Berge.« Sehen wir keinen Ausweg mehr, so heißt es dennoch bei unserem Gott: »Weg hast du allerwegen.« Gläubige Fürbitte nenne ich ein unsichtbares *Halten* des verlorenen Sohnes; denn sie verbindet sich mit der allmächtigen Liebe Gottes, die auch noch dahin reicht, wo unser Arm viel zu kurz ist.

Ich rate Ihnen, Ihrem Sohne vorderhand monatlich noch soviel zu senden, daß er leben kann, weiter nichts. Dabei verbinden Sie sich täglich mit Ihrer Frau zu gemeinsamer Fürbitte. Unser Gott kann Wunder tun. Es ist durchaus zu wünschen, daß er sein Examen macht und einen Beruf bekommt. Wie mancher ist noch ein tüchtiger Mensch geworden, nachdem er die Studentenschuhe ausgezogen hatte!

# 10. An eine durch Irrlehre verwirrte Familie

Sie werden begreifen, daß ich Ihren Brief mit schwerem Herzen gelesen habe. Wenn ich das richtige Wort brauchen darf, so muß ich sagen, ich habe ihn mit Entrüstung gelesen. Es ist mir unbegreiflich, wie N. N. diese Irrlehre immer noch festhalten und verbreiten kann. Wie viele Gewissen werden verwirrt durch solche unbiblischen Behauptungen! Vor einigen Jahren starb sein Freund an Krebs. Jener Verstorbene war ein entschieden gläubiger Mann, ein Beter, und doch wurde er nicht geheilt. Da hätte N. N. etwas lernen können. Aber die Unverständigen und Überheiligen lernen nichts. Wenn ein einzelner Mensch an einem Irrtum festhält, so ist es traurig; wenn der Irrtum aber von einer Anstalt aus verbreitet wird, in der täglich Kranke ein- und ausgehen, so ist der Schaden unberechenbar. Ich danke Ihnen, daß Sie mir den Brief an Ihren kranken Sohn gesandt haben, in dem ich mit eigenen Augen lesen konnte: *»Wie der Herr uns am Kreuze Vergebung der Sünden erworben hat, so hat er uns auch Heilung des Leibes erworben.«*

Ich bedauere sehr, daß Sie und Ihr Mann sich wegen dieses Briefes gezankt haben und der Friede gestört wurde. Ihr Mann urteilte richtig, wenn er sagte: *»Diese Behauptung kann nicht bestehen vor dem erleuchteten Menschenverstand.«* Vergebung der Sünden ist absolut nötig zum Seligwerden, aber die Gesundheit ist nicht absolut nötig. Die tägliche Erfahrung zeigt tausendfach, daß man in inniger Gemeinschaft mit dem Heiland stehen und dabei nicht nur krank sein, sondern auch selig sterben kann.

Wer Vergebung der Sünden und Heilung des Leibes auf eine Linie stellen will, der muß konsequent sein und sagen: Wie der Herr uns Vergebung der Sünden erworben hat, so hat er uns auch Befreiung vom Tode erworben; denn Krankheit ist der Anfang vom Tod. Wenn ich Gott um Vergebung der Sünden bitte, so brauche ich nicht hinzuzusetzen: »Wenn es dein Wille ist.« Ich weiß, es ist Gottes Wille, und sobald ich die Sünde bekenne und hasse, vergibt Gott sie mir. Wenn ich aber um Heilung von

Krankheit bitte, so muß ich mit der Bedingung bitten: »Wenn es dein Wille ist.« Denn nach der Erfahrung von unzähligen Kindern Gottes kann es Gott gefallen, mich krank bleiben oder sterben zu lassen; denn der Tod wird nicht aufgehoben, bis der Herr kommt.

Die Heilige Schrift gibt uns keinen Anhaltspunkt zu obiger Lehre. Wir lesen zwar vom Heiland, daß er alle Kranken heilte, die man zu ihm brachte. Aber damit ist nicht gesagt, daß wir alle heilen können oder daß alle Kranken gesund werden müssen. Seit über 1900 Jahren ist kein Mensch aufgestanden, der alle Kranken heilen konnte, und das ist gut; denn wie viele Kranke sind durch ihr Leiden zur Buße geführt worden. Krankheit ist und bleibt ein göttliches Erziehungsmittel, das wir nicht ohne weiteres wegbeten können.

Nur eine falsche Auslegung von Jesaja 53, 4 und Matthäus 8, 17 kann zu der Irrlehre führen: Wie der Herr uns Vergebung der Sünden erworben hat, so hat er uns auch Heilung des Leibes erworben. Betrachtet man jene Stellen im Zusammenhang der Schrift, so wollen sie folgendes sagen: Der Herr hat mit unserer Sünde all unseren Fluch getragen (Gal. 3, 13); und zu dem Fluch gehört auch die Krankheit. Damit hat er uns das Gnadenrecht erworben, daß wir auch mit der Bitte um Heilung des Leibes zu ihm kommen dürfen. Tausende, die aufgrund seiner Versöhnung ihn um Heilung des Leibes gebeten haben, wurden erhört. Andere blieben krank und haben ihn durch Leiden verherrlicht.

Daß Gott an uns und durch uns verherrlicht werde, ist die Hauptsache; ob es durch Heilung oder Leiden geschehen soll, hängt ganz von seinem Willen ab. Die Verherrlichung durch Leiden geht tiefer als die Verherrlichung durch Heilung, weil sie mehr Ansprüche an uns stellt. Der Herzog unserer Seligkeit wurde durch Leiden vollkommen gemacht (Hebr. 2, 10); das dürfen wir nie vergessen.

Ihren kranken Sohn bedaure ich von Herzen. Sie sagen mir, daß er fast zur Verzweiflung getrieben wurde, weil er wochenlang glaubte, der Herr habe ihm ebenso Heilung erworben wie Vergebung der Sünden. Als dann die Heilung nicht eintraf, sei er versucht worden, an Gott irrezuwerden. Das ist die traurige Folge dieser Irrlehre, sie hat schon manchen armen Kranken zum Schiffbruch am Glauben geführt. Welche Verantwortung haben die Irrlehrer! Helfen Sie Ihrem Sohn zur Einfalt zurückzukehren, sich kindlich in die Hand seines Heilands zu legen und ihn zu bitten, daß sein Wille geschehe! Beten Sie und Ihr Mann täglich für ihn, und machen Sie es zur Hauptbitte: Herr, verherrliche deinen Namen an uns Eltern und an unserem Kinde! Lassen Sie Ihren Sohn diesen Brief lesen!

# VI.

# Von Alter und Ewigkeit

# 1. Gedanken über das Alter

## Gefahren des Alters

Sie werden begreifen, daß mich die in Ihrem Brief ausgesprochenen Gedanken in besonderer Weise berührten; stehen wir doch im gleichen Alter. Wenn auch unsere Verhältnisse und unsere Stellung verschieden sind, so machen wir doch gewiß in mancher Beziehung verwandte Erfahrungen. Auch ich wurde mir besonders in den letzten Jahren der *Gefahren des Alters* bewußt, die natürlich verschieden sind, je nachdem man innerlich steht. Als ich einst am Sterbebett einer lieben Freundin stand, sagte sie zu mir: »O, wie froh bin ich, daß ich mich jetzt nicht bekehren muß! Ich hätte die Kraft nicht mehr dazu.« So möchte ich auch sprechen: »Wie dankbar bin ich, daß ich mich in meinem Alter nicht bekehren muß! Ich fürchte, es käme zu keiner gründlichen Bekehrung mehr.« Ich bedauere die alten Leute, die keinen Heiland haben. Wie öde muß das Alter sein, wenn der Friede Gottes im Herzen fehlt, wenn man nicht beten kann, keine Hoffnung des ewigen Lebens hat, und erfahren muß, wie die Kräfte zusehends abnehmen!

Ich glaube, gerade im Abnehmen der Kräfte liegt für uns Alte eine Gefahr. Die Geistesfrische läßt nach, die Energie und die Spannkraft werden schwächer, und die Körperkraft versagt in manchen Stücken. Da kann auch der innere Mensch matt und flügellahm werden, und es ist keine Frage, manche alten Leute sind dieser Versuchung erlegen. Aber, Gott sei Dank, es muß nicht so sein; der Herr kann bewahren. Viel gefährlicher ist es, wenn im Zusammenhang mit der Altersschwäche frühere Schwachheiten und Sünden wieder zum Vorschein kommen, mit denen man vielleicht vor Jahren nicht gründlich aufgeräumt hat. Ich glaube, da liegt im Alter weitaus die größte Gefahr. Ist der Grund nach 1. Korinther 3, 11 gelegt, so kann auch diese Gefahr überwunden werden; aber nur unter gewissen Bedingungen.

## Stille vor Gott

Wie überhaupt zum Seligwerden Zeit gehört, so gehört auch zum Überwinden Zeit. Wollen alte Leute Überwinder werden und bleiben, so müssen sie alles Nebensächliche und Unnötige lassen und sich auf das Notwendige konzentrieren und beschränken, damit sie Zeit zur Stille, zum Umgang mit Gott und seinem Wort haben. Gemütliche Unterhaltung darf ihnen nicht die Hauptsache sein. Alte Leute haben keine Zeit mehr für alles mögliche. Stehen sie wirklich in Gemeinschaft mit Gott, so muß ihr tiefstes Bedürfnis sein, innerlich von allem gereinigt zu werden, was diese Gemeinschaft irgendwie hemmt. Dazu bedürfen sie der Stille vor Gott. Es jammert mich der alten Leute, die sich in ihren Gedanken und in ihrer Unterhaltung immer um äußere Dinge bewegen und nicht »los werden vom Geschäft«. Ich bemitleide sie tief; denn sie stehen nicht in der rechten Vorbereitung für die Ewigkeit und sind in großer Gefahr. Darum freute es mich, in Ihrem Brief die Worte zu lesen: »Ich muß jeden Tag eine bestimmte Zeit frei haben zum Alleinsein mit meinem Gott.« Halten Sie fest daran! Je näher wir unserem Abschied kommen, desto tiefer muß dieses Bedürfnis werden.

## Anteilnahme an Christi Reichssache

Der Umgang mit Gott und seinem Wort erhält uns innerlich frisch; wir sind gepflanzt an den Wasserbächen und verwelken nicht. Zu unserer geistlichen Frische hilft auch wesentlich unsere Anteilnahme an der Reichssache unseres Herrn. Dadurch bleiben wir in der Gemeinschaft der Heiligen und bekommen fortlaufende Anregung und Handreichung. Ich bin von Herzen dankbar für diese Handreichung. Kann man auch im Alter nicht mehr überall mittun, so wird deswegen »der seelsorgerliche Sprengel« nicht kleiner. Im Gegenteil, er umfaßt die ganze Völkerwelt, in der die Boten unseres Königs stehen und die Botschaft des Himmelreichs verkünden. Auch wir Alten dürfen mitbeten in dem jetzigen großen Kampf zwischen Licht und Finsternis. Der Herr wird siegen. Ich möchte alle alten Leute bitten: Lasset euer Interesse für die Reichssache des Herrn nicht erkalten; es ist nötig als

Nahrung für das »königliche Priestertum«. Alle Bewegungen im Reiche Gottes gehen aus vom Thron unseres Gottes, und vor diesem Thron dürfen auch wir Alten täglich erscheinen mit Gebet, Fürbitte und Danksagung.

## Das Gezänke fliehen!

Ich finde, daß das Ruhe- und Friedensbedürfnis des Alters auch ein großer Segen ist. Es nötigt uns auch zur Konzentration. Um die nötige Ruhe zu haben, müssen wir vieles beiseite lassen. Was ich je länger desto lieber fliehe, ist das viele Gezänke der Gläubigen untereinander. O, wieviel Zeit und Kraft geht dadurch verloren! Wie oft wird die Liebe verletzt und die Gemeinschaft des Leibes Christi verhindert! Es graut mir vor diesem Nachtgebiet, auf dem man sich oft die Köpfe blutig schlägt für nichts und wieder nichts. Dafür haben wir Alten keine Zeit. Je näher wir dem Berge Zion kommen, desto mehr verlangt uns nach Ruhe und Frieden, und dazu wollen wir beide auch heute uns die Hand reichen. Salem ist eine Friedensstadt, und sie ist unser Ziel.

## Die stillen Stunden der Nacht

Zum weiteren Segen des Alters gehören die stillen Stunden der Nacht; denn ich schlafe nie mehr eine Nacht durch. Wenn ich in letzter Zeit in stillen Nachtstunden mich versenkte in zwei köstliche Wahrheiten: »Ich bin eine Rebe am Weinstock« und: »Ich bin ein Glied am Leibe Jesu Christi«, so hatte ich unaussprechlich viel Segen. Gerade für alte, schwache Leute ist es eine wunderbare Erquickung und Stärkung, zu wissen: Wie eine Rebe mit dem Weinstock verbunden ist, so bin ich auch mit meinem gekreuzigten, auferstandenen und erhöhten Herrn verbunden. Und wie veranlaßt diese köstliche Tatsache zu der herzdurchforschenden Frage: »Ist gar nichts mehr zwischen mir und dem Heiland? Ist meine Verbindung mit ihm eine völlige?« So kommt man in das Licht seines Angesichts und öffnet das ganze Herz zur Reinigung durch sein Blut, damit das Leben des Weinstocks sich noch völliger der Rebe mitteilen könne. »Bleibet in mir!«, soll unsere Losung sein.

Und wenn in stiller Nachtstunde ich mich weiter versenkte in die Tiefen der Wahrheit: »Ich bin ein Glied am Leibe Jesu Christi«, so strömte das Licht der Ewigkeit in meine Seele. Ich erkannte, daß ich bald der oberen Gemeinde angehören werde, und fragte mich: »Wen wirst du begrüßen, wenn du drüben ankommst?« Die Antwort war: »*Nur Glieder am Leibe Jesu Christi.*«

Dann schaute ich zurück in unser heutiges Getriebe hinein und fand, daß wir uns vielfach zu wenig im Lichte des Leibes Christi anschauen. Gar zu oft entscheidet die Frage: »Gehörst du meiner Verbindung an?«, statt daß man fragt: »Gehörst du Christo an, wohnt er in dir?« Und weil letztere Frage nicht die oberste ist, so beargwöhnt, verdächtigt und bekämpft man einander. Man dient, ohne es zu wissen, in falschem Eifer dem Feind. So wurde ich in stillen nächtlichen Stunden innerlich zu der Bitte getrieben: »Herr, stelle mich lauterlich auf den Ewigkeitsboden des Leibes Christi und mache mich frei von aller Lieblosigkeit gegen Glieder an dir! Bringe mich in so innige Verbindung mit dir, dem Haupt, und deinen Gliedern, daß mich nichts mehr scheiden kann von deiner Liebe!«

## Wir kommen nach Haus!

Das Schönste am Alter ist, man wird jeden Tag gewisser: »Es wird nicht lang mehr währen, so kommen wir nach Haus.« Wenn unser junges Geschlecht sich zerarbeitet an allerlei Problemen, wenn Tausende unserm Herrn Christo den Abschied geben und ihr armes Herz im Diesseits stillen wollen, wenn in den letzten vierzig Friedensjahren die Weltseligkeit immer mehr zugenommen hat, so weiß das Alter, daß gewaltige Gerichtsstürme kommen müssen, die die Luft wieder reinigen werden. Man hat Mitleiden mit denen, die noch lange durch die Wüste wandern müssen, und freut sich um so mehr, das Ufer des verheißenen Landes in lebendiger Hoffnung zu erblicken und bald ihn schauen zu dürfen, der uns so treu durch das Pilgertal geführt hat. In dieser Hoffnung reiche ich Ihnen die Hand.

## 2. Das wichtigste Anliegen im Blick auf das Alter

Sie wünschen, ich solle Schiedsrichter sein zwischen Ihnen und Ihrer lieben Frau. Ich bin dankbar, daß der Streitfall kein ernsterer ist. Sie schreiben mir: »Ich bitte den Herrn immer wieder, er möchte mir einen freundlichen Feierabend bescheren, und meine Frau sagt: Du sollst das nicht tun, du mußt es dem lieben Gott überlassen. Wer hat recht?«

Mir scheint es, daß Ihre und Ihrer Frau Stellung nicht gerade gegensätzlich sein muß. Wenn der Sinn Ihrer Bitte ist: »Herr, mache es gnädig mit mir in meinem Alter, bewahre mich vor schweren Anfechtungen und vor allzugroßem körperlichem Elend!«, so sehe ich darin nichts Unerlaubtes, wenn im Grunde Ihrer Seele die Willigkeit vorhanden ist, in Geduld anzunehmen, was der Herr schickt. Stehen Sie so, so sehe ich keinen eigentlichen Gegensatz zwischen Ihnen und Ihrer Frau.

Ist aber Leidensscheu die tiefste Ursache Ihrer Bitte, dann ist allerdings ein Unterschied vorhanden, und ich muß bekennen, daß der Standpunkt Ihrer Frau der richtige ist: »Überlasse es kindlich dem Herrn, wie er es mit dir macht im Alter; er wird es wohlmachen.« Vielleicht liegt in Ihrer Bitte um einen freundlichen Feierabend nicht nur verborgene Leidensscheu, sondern auch ein verborgenes Mißtrauen gegen Gott, er könnte Ihnen im Alter zu Schweres auferlegen. Sollten Sie diese zwei Schwachheiten bei genauer Selbstprüfung bei sich finden, so müßten sie dieselben durch die Gnade Gottes ablegen lernen, damit Sie im Blick auf Ihr Alter als wichtigstes Anliegen haben: *»Herr, hilf mir, daß ich deinen Namen bis an mein Ende verherrliche!«*

Es versteht sich von selbst, daß ich Ihnen in keiner Weise unrecht tun möchte. Ich mache einen Unterschied zwischen menschlichen Gefühlen im Blick auf Altersbeschwerden und ängstlicher, selbstsüchtiger Leidensscheu. Wollte ich menschliche Gefühle, ein geheimes Grauen vor dem vielen Elend, das sich an das Alter heftet, zur Sünde machen, so wäre es unmenschlich und übergeistlich; ich würde mich über den Heiland erheben. Übergeistlichkeit ist immer Ungeistlichkeit.

Der Apostel Paulus sagt in Philipper 2, 7 vom Heiland: »Er ward gleichwie ein anderer Mensch.« Eben deshalb sehen wir ihn in Gethsemane trauern und zagen, betrübt bis an den Tod (Matth. 26, 27. 28). Wir hören ihn beten: »Vater , ist's möglich, so gehe dieser Kelch von mir; doch nicht wie ich will, sondern wie du willst.« Es war nicht sündlich, sondern echt menschlich, wenn es dem Heiland graute vor dem Leidenskelch. Aber über seinem Grauen stand klar und fest seine Ergebung in den Willen des Vaters.

Es darf auch uns grauen vor manchem Elend, das sich an das Alter heftet, wenn nur tief im Herzen Jesu Sinn verborgen ist: »Vater, nicht mein, sondern dein Wille geschehe!« Als ich im Jahr 1874 drei Wochen im Rauhen Haus in Hamburg war, da sah ich den alten Johann Hinrich Wichern im Rollstuhl im Garten. Dieser einst so bedeutende Mann war vom Schlage gerührt und saß vor mir als ein körperlich und geistig gebrochener Mann. Andere, denen ich im Leben nahestand, die in der Kirche ein besonderes Licht waren, traf ich mit Arterienverkalkung, ihres Denkvermögens beraubt, im Gemüt umnachtet. Wieder andere saßen wassersüchtig und mit Asthma beschwert Tag und Nacht im Sessel. Vor einem Jahr besuchte ich einen einst begabten, jetzt kindischen und hilflosen Bruder. Wer kann die vielen Trübsale des Alters aufzählen!

Wenn nun ein gesunder Mensch im Anblick dieser Nöte sich zu dem Seufzer bewogen fühlt: »Herr, bewahre mich vor solcher Not!«, so ist das an und für sich ganz erlaubt. Ebenso erlaubt ist es zu bitten: »Laß mich im Alter nicht über Vermögen versucht werden!« Sündig ist nur die Neigung, unserem Gott Vorschriften machen zu wollen, wie er uns führen soll, oder die Selbstsucht, im Alter aller beschwerlichen Prüfung überhoben zu sein. Und noch viel sündiger wäre es, wenn ich im Anblick eines alten, schwerleidenden Bruders denken würde: »Das wird mir nicht widerfahren, ich bin zu gut dazu.«

Danken wir Gott von ganzem Herzen, wenn er es mit den Folgen des Alters gnädig bei uns macht, und legen wir uns allewege in seine treue Hand! Je dankbarer wir sind für die vielen göttlichen Gnadenerweisungen in unserem vergangenen Leben, desto leichter wird es uns werden, den Leidenskelch im Alter zu trinken. Ich hatte Freunde, die wünschten, in der Arbeit zu sterben. Der Herr hat ihren Wunsch erfüllt; sie sind mitten in der Arbeit am Schlag gestorben. Mir graute es immer etwas vor einem jähen Tode. Ich habe das Gefühl, daß ein langsameres Abbrechen der Leibeshülle für mich heilsamer ist, weil es mir mehr Zeit zur Vorbereitung auf meinen Heimgang gewährt. Sind wir gewiß, Jesu Eigentum zu sein, dann dürfen wir versichert sein, daß er, der himmlische Erzieher, am Feierabend unseres Lebens alles wohlmachen wird. Wir wollen es mit Ihrer lieben Frau halten und dem Herrn kindlich vertrauen.

# 3. Ist Ausgespanntsein schwer?

In Ihrem letzten Brief läuten Sie das Feierabendglöcklein ziemlich stark. Ich erinnere mich noch gut aus meiner frühen Jugend, was die Abendglocke für mich zu bedeuten hatte: Ich mußte mitten aus dem Spiel heraus heimspringen und am Krankenbett meines Vaters beten: »Ach bleib bei uns, Herr Jesu Christ, weil es nun Abend worden ist; dein göttlich Wort, das helle Licht, laß ja bei uns auslöschen nicht usw.« Nun bin ich selber 80 Jahre alt, und während ich dieses schreibe, muß ich mir sagen: Wie wunderbar berühren sich doch Anfang und Ende unseres Lebens! In meiner Jugend lernte ich von meinem lieben, seligen Vater den Feierabend mit Gebet schließen, und sein fünfeinhalbjähriges Krankenbett, auf das dann sein Heimgang folgte, machte uns Kindern den unvergeßlichen Eindruck: Der Feierabend kommt! Als dann das Feierabendglöcklein meines Vaters ausgeklungen hatte, legte sich meine Mutter und war bis zu ihrem Heimgang 28 Jahre lang krank. So hörte ich in meinen jüngeren Jahren 33 Jahre lang die Feierabendglocke läuten in meinem Elternhaus und lernte damals, daß der Feierabend und das Gebet zusammengehören.

Ich habe heute morgen mehr als je den Eindruck, daß ich es Gottes Führung in meiner Jugend zu verdanken habe, daß der Klang des Feierabendglöckleins mich nicht so sehr erschreckt, sondern mir als alter Freund erscheint. Allerdings haben mich meine vielen Krankheiten im Tropenland an der Goldküste auch für den Feierabend vorbereitet. So möchte ich Ihnen, lieber Freund, zurufen: »Hüten Sie sich vor melancholischen Betrachtungen der Abendschatten! Sie beschweren Herz und Gemüt.«

Vor drei Monaten predigte ich noch zwölf Tage lang täglich, seitdem bin ich für eine Weile ausgespannt. Gestern sagte mir eine Dame: »Es muß schwer sein, so ausgespannt zu sein.« Ich antwortete: »Nicht so sehr.« Lassen Sie mich auch Ihnen sagen: »Nehmen Sie es nicht zu schwer, daß der Herr Sie nach einem arbeitsreichen Leben ausgespannt hat!« Unsere Examen fallen in die Blütezeit unseres Lebens; aber eine Examensaufgabe spart uns Gott für das Alter auf. Sie lautet: Inwieweit kannst du glücklich sein ohne berufliche Tätigkeit?

Wir alle stehen mehr oder weniger in der Gefahr, in unserer beruflichen Tätigkeit aufzugehen. Ich habe Männer kennengelernt, die mir den Eindruck machten, der Beruf sei ihr Leben, ihr Höchstes. Das halte ich für außerordentlich bedenklich. Der Herr muß uns das Höchste sein und bleiben inmitten aller Arbeit. Wir sollen Freude haben am gottgegebenen Beruf; aber unsere tiefste Befriedigung dürfen wir nur im Herrn finden, nicht im Beruf. Nicht der Beruf soll uns tragen, sondern wir sollen den Beruf tragen. Ist es umgekehrt, so ist das ein Zeichen, daß wir es fehlen lassen am Umgang mit dem Herrn und seinem Wort. Hat man diesen Fehler jahrelang gemacht und wird alt und arbeitsunfähig, so erscheint einem das Leben öde und leer. Dieses Fiasko kommt aber nicht vom Alter her, sondern ist Folge unserer Untreue in vergangenen Tagen. Ist die Freude im Herrn unsere Stärke in gesunden Tagen, so wird sie es auch im Alter sein. Ich bemitleide die alten Leute tief, die sich unglücklich fühlen, weil sie alt sind.

Zum Trost möchte ich Ihnen sagen: Der Herr kann und will die Leere Ihres Herzens ausfüllen. Geben Sie sich keine Mühe, die Vergangenheit zurückzurufen! Das können wir nicht. Wir alle müssen statt rückwärts vorwärts blicken und andere den Karren ziehen lassen. Gott spannt uns aus, um uns zu entlasten. Das ist große Liebe. Wieviel unnötiges Gepäck schleppen jüngere Leute mit sich! Soll das Alter nicht dankbar sein, wenn nur noch das eine große Problem vor der Seele steht: *Jesus und ich!* Jesus mit der Fülle seiner Gnade, mit seiner ewigen Erlösung, mit seiner hohenpriesterlichen Treue, mit seiner Zusage, sein Werk an uns zu vollenden; Jesus mit seiner Bitte: »Vater, ich will, daß, wo ich bin, auch die bei mir seien, die du mir gegeben hast, daß sie meine Herrlichkeit sehen.« Legen Sie täglich alles, was Sie beschweren will, vor dem Gnadenthron nieder! Halten Sie sich ganz an Ihren Heiland, der Sie liebt mit ewiger Liebe, und lassen Sie ihn Ihr ein und alles werden!

# 4. Soll ich in den Ruhestand treten?

Es wird mir recht schwer, Ihnen auf diese Ihre Frage zu antworten. Sie sagen mir, Ihr Arzt rate entschieden, Sie möchten sich pensionieren lassen, und Ihre Frau neige auch dazu. Das sind gewichtige Stimmen; aber das letzte Wort hat doch der Herr zu sprechen. Er redet zu uns auf verschiedene Weise: Er kann Ihnen durch seinen Geist innere Klarheit geben; er kann es auch tun durch Tatsachen. Am richtigsten ist wohl das Zusammentreffen von Tatsachen mit dem inneren Eindruck: Ich soll gehen oder ich darf noch nicht gehen. Ich halte in solchem Fall sehr viel auf gründliche, betende Überlegung vor dem Angesicht Gottes. Sie ist mir viel mehr wert als sogenannte innere Gefühle, die so leicht täuschen. Die Beweggründe, unser Amt aufzugeben, dürfen nicht menschlich, sie müssen göttlich sein.

Menschlich wäre es, wenn die »Einnahmen« der Hauptbeweggrund wären, einen Mann im Alter im Amt zu halten. Wird man in jüngeren Jahren leidend, so versteht es sich von selbst, daß die Versorgung der Familie bei der Pensionierung schwer ins Gewicht fällt. Im Alter tritt diese Frage mehr zurück. Menschlich wäre es auch, wenn ein Mann im Alter im Amt bleiben wollte aus Furcht, er halte es im Ruhestand nicht aus wegen Langeweile. Ein Gottesmensch wird immer Mittel finden, die Langeweile zu vertreiben. Die Frage: »Soll ich in den Ruhestand treten?« ist in letzter Instanz eine Gewissensfrage und hängt unzertrennlich mit der andern Frage zusammen: »Ist mein ferneres Bleiben ein Gewinn oder ein Schaden für die Gemeinde?«

Die Antwort auf diese Frage gibt den Ausschlag. Man muß aber sehr behutsam sein mit der Antwort. Wäre z. B. Gefahr vorhanden, daß ein moderner Theologe Ihr Nachfolger würde, dann sage ich Ihnen: Bleiben Sie im Amt, so lange es möglich ist! Die Gefahr besteht aber kaum in Ihrer Gemeinde. Dann kommt bei einem älteren Pfarrer auch noch anderes in Betracht: Er hat seit Jahren das Vertrauen in der Gemeinde. Der Einfluß dieser Vertrauensstellung ist so wichtig, daß es vieles von Arbeitsleistung eines jungen Mannes aufwiegt, der sich das Vertrauen erst erwerben muß. Ich bitte, diesen Punkt sehr zu beherzigen. Viele Menschen sind gar nicht imstande, die seelsorgerliche Bedeutung eines treuen Pfarrers für seine Gemeinde zu würdigen. Die Taufen, Konfirmationen, Trauungen, Krankenbetten, Begräbnisse, verbunden mit der vielen Seelsorge, haben ihn in persönliche Verbindung mit jedem einzelnen Gemeindeglied gebracht. Er hat wohl kein Gemeindeglied, für das er nicht gebetet hat. Diese Tatsache ist so wichtig, daß ich glaube, Gott allein kennt die Tiefe des Einflusses eines alten, gottseligen Pfarrers, der ein treuer Beter ist. Wenn der alte, gebrechliche Pfarrer Engels in Nümbrecht mit dem Stock durch die Gemeinde ging, so war das schon ein Segen.

Sehe ich auf unsere heutigen Zeitverhältnisse und dann auf Sie, Ihre liebe Frau und Ihre langjährige gesegnete Tätigkeit in der Gemeinde, so komme ich zu dem Schluß: Treten Sie noch nicht in den Ruhestand, sondern bleiben Sie bis an den Abend, an dem Ihnen Ihre Frau sagt: »Papa, es geht nicht mehr, du mußt dich pensionieren lassen,« und Sie ihr nach ruhiger Überlegung antworten: »Mama, du hast recht, ich will es tun.« Denken Sie dann nach vierzehn Tagen ebenso, dann schreiben Sie an den Superintendenten. Zu diesem Rat bewegen mich folgende Gründe: 1. Mit der Kraft, die Ihnen der Herr bis jetzt erhalten hat, wirken Sie noch wenigstens so viel wie ein jüngerer Pfarrer. 2. Gott hat Ihnen eine treue Gehilfin gegeben, die einmütig und immer noch rüstig mit Ihnen arbeitet. Eine junge Pfarrfrau kann Ihre liebe Frau mit dem besten Willen nicht sofort ersetzen. 3. Sie sind den Kollegen in Ihrer Synode noch zum Segen. Diesen Rat gebe ich Ihnen nach viel Überlegung vor dem Herrn.

Sollte dann Ihre Leistungsfähigkeit nach einigen Jahren nachlassen, so ließe es sich überlegen, ob Sie nicht für unbestimmte Zeit um einen Hilfsprediger bitten sollten. Mein seliger Lehrer, Kirchenrat Peter in Spöck in Baden, hatte in seinem hohen Alter auch Hilfsprediger. Dadurch brachte er noch viel Frucht. Man sagte ihm nach, daß alle seine Hilfsprediger bei ihm eine innere Wandlung durchmachten. Sein heiliges Vorbild, verbunden mit treuer Fürbitte, wurde den jungen Männern zu bleibendem Segen. Das sind aber Zukunftsgedanken, über die ich nicht weiter reden will. Zum Schluß möchte ich nur noch hinzufügen, daß ich nicht jedem Pfarrer in Ihrem Alter den Rat geben würde, den ich Ihnen gebe. Ich würde wohl manchem sagen: Lassen Sie sich getrost pensionieren!

# 5. Das freundliche Leuchten der Abendsonne

Ihr lieber Brief hat mich sehr erquickt. Wenn man so viele Klagen hören muß wie ich, so tut es wohl, aus dem Munde eines 85jährigen einen so klaren Ton des Lobes Gottes zu vernehmen. Welch große Gnade ist es, wenn in Ihrem Alter der Geist noch so frisch und das Herz täglich in der Gnade fröhlich ist! Ich bin gewiß, daß die Gnade Gottes in Christo die beste Quelle ist für ein fröhliches Alter. Man möchte es allen empfehlen, deren Herz im Blick auf Alterssorgen beschwert ist: »Dringet ein in die freie Gnade! Er, der uns krönet mit Gnade und Barmherzigkeit, kann unseren Mund fröhlich und uns wieder jung machen wie einen Adler« (Ps. 103, 5). O, ihm sei Lob und Dank!

Eine Stunde nach Empfang Ihres Briefes hatte ich beruflich zu verkehren mit einem älteren Juristen, der noch sehr mit Arbeit belastet ist; er beklagte sich darüber und seufzte tief. Im Verlauf unseres Gesprächs entdeckte ich, daß der Mann trotz seiner vielen Einnahmen unaussprechlich arm ist. Er kann schon lange nicht mehr beten, weil er allen Glauben verloren hat. Ich konnte ihm mit Freuden bezeugen, daß mein langes Leben voll sei von Gebetserhörungen und ich in demselben überall die Fußspuren des lebendigen Gottes sähe. Er blickte mich wehmütig an und sagte: »Ich beneide Sie.«

Diese Unterredung erinnerte mich daran, welch priesterliche Aufgabe wir Alten haben gegenüber so vielen Altersgenossen, denen die Freude im Herrn völlig unbekannt ist. Es hat mich überaus wehmütig gestimmt, als mich der 70jährige N. N. vor einigen Jahren um Trost bat, weil ihm die Gewißheit der Gnade Gottes ganz entschwunden war. Ich mußte mir damals sagen: »Wo soll der Herr die Vertreter des Glaubens suchen, wenn Er sie nicht unter den Alten findet?« Lassen Sie uns fleißig für die Alten beten, daß Gott sich ihrer erbarme und ihnen die Augen öffnen möge für Jesum, von dem Johannes sagt: »Wir sahen seine Herrlichkeit, eine Herrlichkeit als des eingeborenen Sohnes vom Vater, voller Gnade und Wahrheit!«

Unser Freund N. sagte mir letzte Woche mit Freudentränen: »Mein Neffe kam unlängst von Paris, angefüllt mit Zweifeln. Die ersten acht Tage war er sehr still, grüßte mich aber jeden Morgen. An einem Sonntagmorgen kam er auf mein Zimmer und sagte: ›Großpapa, als ich von Paris nach Hause kam, konnte ich nicht mehr beten; ich hatte am Glauben Schiffbruch gelitten. Als mir aber jeden Morgen die Freude im Herrn aus deinem freundlichen Angesicht entgegenleuchtete, da schämte ich mich tief. Gestern abend kniete ich nach langer Zeit zum erstenmal wieder nieder und sagte dem Heiland: Ich will wieder glauben, hilf mir! Er hat mir geholfen, und ich konnte ihm mit Tränen meine Sünden bekennen.‹«

Der Herr möge uns in Gnaden bewahren, daß wir in Demut und mit Freuden bezeugen können: Wir haben einen Heiland, dessen Gnade und Treue uns trägt bis ins Alter und das Herz getrost und fröhlich macht!

Es freut mich sehr, daß Sie so viel Gutes berichten können über Ihre Enkelkinder. Der Herr halte seine schützende Hand über sie und lasse sie aufwachsen zu seinem Lob und Preis! Man wird es immer mehr sehen, daß die christliche Familie die Hauptburg ist, in der lebendiges Christentum bewahrt wird und aus der auch fernerhin Botschafter Jesu hervorgehen werden, die fest im Worte Gottes stehen. Ich erinnere mich noch mit viel Freude und Dank an meinen Aufenthalt in Ihrem Hause. Der Eindruck unserer lieblichen Abendandachten auf Ihrer Veranda begleitet mich seither wie ein freundliches Leuchten der Abendsonne. Der Herr lasse uns bald in Gnaden den Morgenglanz der Ewigkeit schauen!